KB072825

PURE BRED

순혈의 헌터

류화수 장편 소설

FUSION FANTASTIC STORY

HUNTER

순혈의 헌터 3

류화수 장편 소설

초판 1쇄 찍은 날 § 2015년 8월 20일
초판 1쇄 펴낸 날 § 2015년 8월 27일

지은이 § 류화수
펴낸이 § 서경석

편집책임 § 이창진

펴낸곳 § 도서출판 청어람
등록번호 § 제387-1999-000006호
등록일자 § 1999. 5. 31
어람번호 § 제1-2206호

주소 § 경기도 부천시 원미구 부일로 483번길 40 서경B/D 3F (우) 420-822
전화 § 032-656-4452 팩스 § 032-656-4453
http://www.chungeoram.com
E-mail § chungeorambook@daum.net

ISBN 979-11-04-90375-5 04810
ISBN 979-11-04-90328-1 (세트)

PURE BRED

순혈의 헌터

3

류회수 장편 소설

FUSION FANTASTIC STORY

HUNTER

도서출판 청어람

CONTENTS

제1장	공무원 길들이기	7
제2장	재정비	61
제3장	교류의 장	77
제4장	보스급 몬스터 사냥	105
제5장	드래고니안	121
제6장	중급 수련	199
제7장	고급 수련	227
제8장	일본 몬스터 범람	243

제1장
공무원 길들이기

나는 온몸을 휘감는 기운에 정신을 차릴 수가 없었다.

몇 시간이나 그의 기운을 흡수했는지 기억도 나지 않았다.

나를 깨우는 이자벨의 목소리가 아니었다면 평생토록 나무 안에서 있었을지도 모른다.

"주인님! 괜찮으세요?"

"으으."

온몸이 비명을 질렀다. 고통에 찬 비명이 아니다. 갑자기 들어온 강대한 기운이 몸에 흩어지고 있기 때문에 찌릿함이 느껴졌기 때문이다.

"나는 괜찮아. 이자벨은 어디 다친 데 없어?"

마지막으로 본 그녀의 모습은 그의 힘에 맞서 힘들게 싸우고 있는 모습이었기에 그녀가 걱정되었다.

"전 괜찮아요."

괜찮다고 말하는 그녀의 옷은 누더기가 되어 있었고 많은 상처가 그녀의 몸에 나 있었다.

"이리 와봐."

나는 회복의 물방울을 만들어 그녀의 상처에 문질렀다.

"감사합니다, 주인님."

그녀의 상처가 나을 때까지 상처를 문지르는 것을 멈추지 않았고 그녀는 인간보다 뛰어난 재생력을 가진 뱀파이어였기 때문에 상처는 금세 아물었다.

"무슨 소리 안 들리세요?"

그녀의 말에 주위에 귀를 기울였고 건물이 흔들리는 소리와 미세한 진동이 느껴졌다.

"미궁이 무너졌어. 어서 피해야 돼."

그가 죽었음에도 5층에는 출구가 보이지 않았다.

"주인님, 미궁의 입구로 가야 됩니다."

그녀의 말에 따라 우리는 처음 들어왔던 미궁의 입구로 돌아갔다.

내가 알기로 미궁의 입구를 통해 들어올 수는 있었지만 나갈 수는 없었다.

예전에 우리는 몇 번이나 실험을 해봤지만 알 수 없는 막이 우리를 가로막았다.

지금 생각해 보니 그가 우리가 빠져나가는 것을 막았던 것으로 생각되었다.

그가 죽은 지금이라면 미궁의 입구를 통해 빠져나갈 수 있을 것이다.

진동이 점점 강해진다. 미궁을 지탱하고 있는 그의 뿌리가 힘을 잃었기 때문에 미궁은 금방이라도 무너질 것만 같았다.

"바람에 몸을 맡겨."

그녀는 날개를 이용해 날고 있었지만 그걸로는 부족했다. 내가 그녀의 날개에 바람의 힘을 부여하자 그녀가 나는 속도가 빨라졌다. 나는 이미 바람의 기운에 몸을 맡겼기에 그녀를 앞서 날아가고 있었다.

쿠쿠쿵.

미궁이 무너지고 안으로 물이 차오르고 있었다. 물길을 뚫고 밖으로 나오자 어두운 하늘을 비추는 달의 모습이 보였다.

"드디어 나온 건가."

1년이 넘는 시간을 미궁에서 보냈다. 넓은 공간이었지만 미궁에서의 생활은 답답함을 느낄 수밖에 없었다. 폐 속으로 가득 들어오는 상쾌한 공기에 몸이 정화됨이 느껴졌다.

"지금 이럴 때가 아니야. 이자벨, 박쥐나 고양이로 변신해."

그녀는 나의 말을 듣고 곧바로 고양이의 모습으로 변했다.

나는 고양이로 변한 이자벨을 잡아 들고는 마을로 텔레포트를 했다.

"어디 갔어! 어서 모습을 보여라. 마을 사람들이 다 죽어도 상관없다는 거냐."

마을로 도착하자마자 들리는 목소리. 경기도 헌터 협회의 지부장의 목소리이다.

나는 오랜만에 듣는 저 목소리마저 반가웠다. 반가울 수밖에. 이제는 복수의 시간이니.

"나를 찾는 거냐?"

나는 그를 향해 비릿한 웃음을 보이며 말했다.

나는 이자벨을 땅 위로 내려놓고는 지부장에게로 걸어갔다.

"멈춰라. 한 발자국만 더 다가오면 마을 사람들을 죽이겠다."

"어디 한번 죽여봐. 능력이 된다면."

그는 자신의 말이 위협이 아니라는 걸 증명이라도 하겠다는 듯이 칼을 쥔 손에 힘을 주고는 가장 가까이에 있는 김 교수를 향해 휘둘렀다.

팅.

지부장이 휘두른 칼은 김 교수에게 다가가지도 못한 채 내가 만든 바람의 막에 튕겨져 나갔다. 그는 자신의 칼을 가로막는 무형의 기운에 당황한 듯 놀란 눈으로 나를 쳐다보고 있었다.

"왜, 능력이 안 돼? 그러면 죽어야지."

나는 발을 굴러 땅의 기운을 끌어 올려 마을 사람들을 둘러싸고 있는 60명가량의 헌터들을 땅속으로 끌어당겼다. 그들의 칼에 마을 사람들이 상하지 않게 하기 위해 바람의 기운으로 그들의 손을 봉했다.

그들은 순식간에 머리만을 남긴 채 땅속에 파묻혔다.

나는 천천히 그들에게로 다가갔다.

"괜찮으세요? 괜찮아?"

무릎을 꿇고 있던 마을 사람들과 동생들은 자신을 겁박하던 헌터들이 땅속으로 파묻히고 내가 다가가자 자리에서 일어나 나에게로 뛰어왔다.

"형, 왜 이렇게 늦게 왔어? 정말 죽는 줄 알았다고."

형식이가 가장 먼저 나에게 안겨왔다. 그의 얼굴은 눈물과 콧물로 범벅이 되어 있었기에 닦아 주고 싶었지만 지금 나는 겨우 주요 부위만 가릴 정도의 옷만을 입고 있었기에 물의 힘을 빌려 그의 얼굴을 씻어주었다.

"미안해. 형이 조금 늦었지? 이제 걱정하지 마. 이제 모두 마을로 돌아가세요. 뒤처리를 하고 따라 들어가겠습니다."

나의 말에 마을 사람들은 마을로 돌아갔지만 마을의 이장과 같은 김 교수가 나에게 다가와 한마디 말을 남겼다.

"그래도 마지막 자비는 가지게나."

그는 지금의 상황을 정확히 이해하고 있었다. 내가 갑의 입장이고 을의 입장이 헌터 협회의 헌터들이라는 것을. 그는 나에게 인간을 포기하는 행동을 하지 말 것을 거듭 강조했다.

"알겠습니다, 교수님. 마지막 자비는 남겨놓겠습니다."

내 말을 듣고서야 김 교수는 마을로 돌아갔고 이제는 정말 나와 헌터 협회의 헌터들만 감자밭에 남아 있었다.

"야옹~"

자신도 있다는 걸 강조하는 이자벨이었다.

"그래, 너도 있구나. 이리로 올라와."

나는 이자벨을 어깨 위로 올리고는 경기도 헌터 협회 지부장에게로 걸어갔다.

"이제 입장이 좀 바뀐 것 같습니다."

나는 지부장의 머리를 발로 사뿐히 밟으며 말했다.

"이러고도 무사할 것 같아? 어서 우리를 풀어라."

"아직도 기고만장하시네요. 제가 다시 물어볼게요. 무사히 살아서 돌아갈 수 있다고 생각하시나요, 아직도?"

입장 정리가 아직 안 되어 보이는 지부장의 머리를 좀 더 강하게 밟았다.

"입 함부로 놀리시면 같이 온 헌터들의 목숨을 보장하지 못합니다. 저한테 그랬었죠? 나 때문에 마을 사람들이 다 죽을 거라고. 이번엔 제가 말씀드릴게요. 지부장님 때문에 다른 헌터들이 다 죽을지도 모릅니다."

나는 손바닥을 폈다가 주먹을 쥐었다. 그러자 땅속에 묻혀 있던 헌터들이 비명을 질렀다.

땅의 기운에 숨이 막혔기 때문이다.

"잘못 건드리셨습니다. 희생양이 된 건 저인데, 왜 저를 못 죽여서 안달입니까. 조용히 살겠다는데 왜 방해를 하시는 겁니까."

"으아아아!"

비명을 지르느라 질문에 대답을 하지 못하고 있는 지부장이었기에 그들에게 가해지는 압박을 줄였다.

"대답하세요. 왜 저를 못 죽여서 안달이냐고요."

"아니야. 너를 죽일 생각으로 온 건 아니야. 단지 위협을 줄 생각뿐이었네."

뱀의 혓바닥에서 나오는 간사한 거짓말.

그의 입에서 나오는 말이 새빨간 거짓말이라는 것을 여기 있는 모든 사람이 알고 있었다.

그 말을 믿을 정도로 나는 순수하지 않았다.

"그런 거짓말을 누가 믿겠습니까? 제가 바보로 보이십니까?"

나는 다시 한 번 손바닥을 폈다가 주먹을 쥐었고 그들은 이전보다 강한 압박에 더 큰 비명을 질러대었다.

"그만! 제발 이제 그만해!"

지부장의 울부짖음에 나는 압박을 풀었다.

"그러면 이제 사실을 말해보세요. 왜 여기까지 와서 마을 사람들을 겁박한 겁니까?"

지부장의 얼굴은 형식이와 마찬가지로 눈물과 콧물로 범벅이 되어 있었다.

하지만 그의 얼굴을 닦아주고 싶은 마음은 전혀 없었다.

"그러게 왜 우리를 곤란하게 만들었나. 네놈이 몬스터 도어 파괴법만 말하지 않았어도 우리가 이러지 않았을 거야. 네놈 때문에 헌터 협회가 분열되기 직전이란 말이야."

헌터 협회가 분열되고 있다?

그 말은 나의 말을 믿고 몬스터 도어를 파괴하자고 주장하는 헌터들도 있다는 것이다.

"그게 왜 제 책임입니까? 저는 단지 목숨 걸고 알아 온 정보를 당신들에게 알려주었을 뿐입니다."

"그 말을 어떻게 믿을 수 있겠는가? 네놈이 거짓말을 하는 거면 불필요한 희생만 입어야 되는데 왜 몬스터 도어를 파괴하기 위해 수많은 헌터들이 목숨을 집어던져야 한단 말이야!"

"제가 언제 몬스터 도어를 파괴하라고 했습니까? 단지 정보를 알려주었을 뿐입니다. 몬스터 도어를 파괴하든지 말든지 저와 상관없는 일입니다. 그리고 제가 거짓말을 한다고요? 나중에 대구 지역의 몬스터 도어를 확인해 보세요. C급 몬스터 도어 하나가 사라져 있을 테니까요."

내 말을 여전히 믿지 못하는 그의 표정에 나는 짜증이 솟구쳐 올라 그의 뒤통수를 발로 차버렸다.

"아니 그리고 제 말이 만약 거짓말이라고 쳐도 왜 죄 없는 마을 사람들까지 죽이려고 든 겁니까? 이해를 할 수가 없네요. 인간이라면 그런 결정을 내리지는 못할 겁니다. 누가 그 결정을 내린 거죠?"

그는 대답이 없었다. 뒤통수에 가해진 충격이 너무 강해 기절을 해버렸다.

나는 내 질문에 대답을 해줄 사람을 찾아야 했다.

적당한 얼굴이 보였다. 수원에서 나를 벌레 보듯이 보던 헌터 한 명이 보였다.

그는 경기도 지역의 몇 안 되는 헌터이기도 했다.

"당신이 대신 대답해 보세요. 왜 마을 사람들까지 죽이려고 했습니까?"

"나는 상부에서 내린 명령을 따랐을 뿐이네."

"상부의 명령이라면 인간으로서 못할 짓도 한다는 말인가요? 최소한의 양심도 없습니까?"

"왜 나한테 그래. 나는 정말 상부의 명령에 움직였을 뿐이라고."

A급 헌터로서의 자존심인가? 그는 악다구니를 쓰며 외쳤다.

나는 그런 그의 투정을 받아주고 싶지 않았다.

"닥치세요. 냄새나니까."

그의 얼굴을 흙이 묻은 발로 더럽혔다.

"누구의 지시에 이곳까지 온 것인지 말하는 사람은 죽이지 않겠다고 약속드립니다. 먼저 손을 드는 사람에게 기회를 드립니다."

아무도 손을 드는 사람이 없었다.

아! 모두 손이 땅속에 묻혀 있었기에 손을 들 수가 없구나.

"가장 먼저 눈을 깜박거리는 사람에게 기회를 주겠습니다."

모두가 동시에 눈을 깜빡거렸다. 얼굴이 흙 범벅이 된 A급 헌터의 눈도 쉴 새 없이 깜박거렸다. 하지만 기회는 그의 것이 아니다.

나는 이곳에서 가장 약한 기운을 가지고 있는 헌터를 지목했다. 겨우 D급 정도밖에 되지 않아 보이는 그는 정말 상부의 명령에 억지로 끌려온 표정을 짓고 있었다.

"제가 듣기로는 헌터 협회 부회장님이 명령을 내린 걸로 알고 있습니다. 지부장의 품 안에 명령서가 들어 있는 걸을 제가 보았습니다."

아마 그는 지부장의 비서 혹은 연락책 정도로 쓰이고 있는 인물일 것이다.

나는 쓰러져 있는 지부장의 품속에 들어 있는 명령서를 꺼내고는 다시 지부장을 땅속으로 파묻었다.

[명령서]

—리치의 하수인으로 보이는 B급 헌터 추용태에 대한 척살 명령을 내린다.

그의 마을 사람들 또한 추용태에게 세뇌를 당했을 확률이 높다.

사전에 문제를 일으키기 전에 그들에 대한 척살 명령도 같이 내린다.

금일 11시까지 명령을 수행한다.

헌터 협회 부회장 황준성.

뚜렷하게 적혀 있는 부회장의 직인.

헌터 협회 회장의 직인이 찍혀 있지 않는 걸로 보아 부회장이 독자적으로 내린 명령인 것 같았다.

"미친 새끼."

입에서 거친 말이 튀어나오지 않을 수 없었다.

그리고 이런 명령을 받아 들고 희희낙락한 헌터 놈들.

아마 약탈을 기대하고 이곳까지 신이 나 내려왔겠지.

그들의 마음속을 보지 않아도 알 수 있었다.

아마 내가 막지 못했으면 이놈들은 남자들을 죽이고 여자들과 아이들을 놀잇감으로 삼았겠지.

생각이 거기까지 미치자 분노가 끓어올랐다. 분노에 온몸의 핏줄이 강렬하게 튀어나왔다.

"개새끼들."

험한 말을 뱉었지만 분노는 약해지지 않고 그 크기를 키워갔다.

"살려서는 보내주마."

나는 나에게 충실히 대답해 줬던 D급 헌터를 땅에서 끄집어냈다.

"너는 도망가. 어차피 돌아가도 살아남기 힘들겠지."

고작 D급의 능력을 가진 그가 헌터 협회로 돌아가서 살 수 있을 리 없었다.

"이자벨, 지하실에 있는 마정석 하나만 가지고 와주겠어?"

그녀의 오감은 매우 뛰어났다. 그녀라면 자세히 설명해 주지 않아도 내가 말하는 장소를 알아듣고 마정석을 가지고 올 수 있을 것이다.

"야옹~"

그녀는 하얀 빛으로 변해 지하실로 향해 뛰어가 마정석 하나를 들고 돌아왔다.

"수고했어."

나는 그녀의 하얀 털을 쓰다듬어 주고는 마정석을 D급 헌터에게 던졌다.

"이거 가지고 어디 가서 숨어 살아."

D급 마정석 하나로는 얼마 버티지 못하겠지만 없는 것보다는 낫겠지.

"빨리 도망가. 죽기 싫으면."

그는 내 말을 듣고는 뒤도 돌아보지 않고 마을을 벗어났다.

"너희들을 죽이지는 않겠어. 나는 너희들과는 달리 인간의 감정이 있으니까."

"감사합니다."

아직 쓰러져 정신을 차리지 못하고 있는 지부장을 땅에서 꺼냈다.

그는 공무원답게 강한 기운을 몸속에 가지고 있었다. 아랫배 쪽에 그 기운은 뭉쳐 있었고 나는 그 기운을 부숴 버렸다.

기의 흐름을 읽는 나에게는 어렵지 않은 일이었다.

그와 나 사이의 힘의 차이는 이루 말할 수 없을 정도이기에 무방비 상태인 그의 힘의 근원을 없애는 일은 식은 죽 먹기나 다름없다.

그의 아랫배에 나의 기운을 쑤셔 넣고는 단단히 뭉쳐 있는 힘의 근원을 돌멩이에 정을 박아 넣듯이 박아 넣기만 하면 알아서 기운이 흩어졌다.

누가 알려주지도 않은 방법이지만 그렇게 하면 그가 힘을 잃을 것이라는 것을 알았다.

공무원에서 능력이 없는 일반 사람으로 그가 살아갈 수 있을까?

그건 그의 사정이다.

일단 나는 60명의 헌터 중에 기운이 강한 10명의 헌터의 기운을 흩뜨려 버렸다.

그들은 차라리 죽여달라고 소리쳤지만 그것은 그들이 할 선택이다.

"돌아가라. 앞으로 여기로 올 생각도 하지 마. 아니, 와도 돼. 죽고 싶으면."

* * *

헌터 협회의 사람들이 한 명도 빠짐없이 마을을 벗어나는 것을 확인하고 나서 나는 마을 사람들이 모여 있는 곳으로 갔다.

그들은 나를 하루 만에 보는 것이지만 나는 1년 만에 그들을 보는 것이다.

너무도 반가웠다. 동생들의 모습이 눈에 담기자 눈물이 흐를 것만 같았다.

"죄송합니다. 저 때문에 이런 일을 당하게 되셔서."

너무도 미안했다. 그들이 이런 일을 당할 이유는 하나뿐이었다. 단지 나와 같은 마을에 살고 있다는 것이 그들에게 목숨을 위협받는 일이 되어버렸다.

하지만 이런 일이 두 번 다시는 일어나지 않게 하겠다는 약속을 할 수 있다.

이제 마을 사람들을 지킬 정도의 힘은 충분하고 넘쳤다.

"아닐세. 자네가 아니었다면 벌써 죽었어도 죽었겠지. 그렇지 않은가?"

김 교수의 말에 모든 마을 사람들이 고개를 끄덕였고 기가 죽어 있는 나를 다독여 주었다.

"그리고 이번 일도 아무도 다치지 않고 잘 해결되지 않았는가. 기운 차리게나."

"형, 나 무서워도 안 울고 꾹 참았다. 형이 구해주러 올 거라고 믿었어."

그 믿음에 배신하지 않았다는 것이 정말 다행스럽게 생각되었다.

놀란 마음을 추스른 마을 사람들은 오늘은 평소보다 빨리 집으로 들어갔다. 다들 큰일을 겪었으니까 빨리 쉬고 싶겠지. 나도 동생들을 데리고 집 안으로 들어갔고 그들이 잘 때까지 옆을 지켰다.

"이자벨. 나와봐."

고양이 한 마리가 집 천장 위에서 뛰어내려 왔다.

그녀는 영리하게도 마을에서 고양이 모습을 줄곧 유지하고 있었다.

뱀파이어라는 자신의 모습이 마을 사람들에게 노출되면 나에게 피해가 될 거라는 걸 알았기에 불편하게도 고양이의 모습을 유지한 채 집 천장 위에서 나를 기다리고 있었다.

"고생했어. 나 때문에 이런 모습을 하고 있네."

"미야옹~"

이 정도는 아무것도 아니라는 듯 앞발을 들어 보이며 우는 이자벨이었다.

"조만간 헌터 협회에서 이곳으로 찾아올 거야. 만약 찾아오지 않는다면 내가 찾아갈 거야. 그때 마을 사람들을 부탁한다."

헌터 협회에서 보낸 60명의 헌터 중 10명을 불구로 만들었다. 헌터에게 불구란 더는 능력을 펼칠 수 없는 상태를 말한다. 능력이 없어지느니 차라리 팔 한쪽이나 다리 한쪽이 없어지는 게 나을 거라고 생각하는 그들에게서 기운을 없애 버렸다는 것은 일반 사람들이 생각하는 불구보다 더한 장애이다.

이런 행동을 한 나에게 헌터 협회가 취할 행동은 몇 가지 되지 않는다.

나를 치기 위해 헌터를 모아 오거나 아니면 화해의 손을 건네거나.

오히려 전자이길 바랐다. 아무런 생각도 하지 않고 오는 헌터들을 부수면 되는 일이니까. 하지만 그들이 후자를 택한다면 적절한 보상을 요구해야 한다. 그런 행동은 머리가 아플 뿐이다. 그리고 지금 나는 나의 분노를 풀 대상이 필요하다.

제발 그들이 전자를 택하길 기도했다.

바빴던 어제 하루가 지나가고 어김없이 태양은 제시간에 모습을 보였다.

이른 아침부터 마을로 들어서는 한 존재의 기운이 느껴졌다.

나는 기운이 느껴지는 방향으로 뛰어 갔고 그곳에는 이미 이자벨이 자리를 잡고 있었다.

"오랜만입니다, 추용택 씨."

대구 지역 지부장. 그가 나와의 협상을 시도할 사람으로 뽑혔다는 것을 알았다.

일단 그가 하는 말을 들어줄 생각이다.

"오랜만이네요, 지부장님. 여기까지는 무슨 일로 오신 겁니까? 제가 어제 온 사람들에게 충분히 경고를 했을 텐데요. 여기 헌터가 다시 온다면 살아서 나가지 못할 거라는 걸 듣지 못했습니까?"

나는 의도적으로 몸에서 기운을 뽑아내어 지부장을 압박했다.

백 마디 말보다 한 번의 위협이 더 효과적이다. 위협이 통했는지 그는 숨이 막힌 익사자의 얼굴과 비슷하게 변하고 있었다.

"그만해 주세요. 저는 단지 얘기를 하러 왔을 뿐입니다."

그간의 정도 있었기에 이쯤에서 멈추었다.

"말해보세요. 무슨 말을 할지 궁금하네요. 사람을 사지로 몰아넣고 마녀사냥을 하는 헌터 협회가 도대체 무슨 낯짝으로 할 말이 있는지는 모르겠지만 어디 한번 해보세요."

"죄송합니다. 제가 힘이 약해 막지 못했습니다."

사과로 시작하는 대화였다. 그의 말은 사실일 것이다. 대구 지역 헌터 협회의 힘은 전국에서 가장 약하다는 것을 알고는 있었다. 하지만 그는 최소한의 경고도 해주지 않았다. 단지 이 상황에서 도망을 친 것이다.

"그것이 끝인가요? 그럼 잘 들었습니다. 이만 돌아가 주세요."

"아닙니다. 더는 헌터 협회에서 추용택 씨를 건드릴 일은 없다는 것을 알려 드리러 왔습니다. 추용택 씨의 헌터 자격도 다시 복구시켰습니다. 다시 원래대로의 모습으로 돌아가시면 됩니다."

"누구 마음대로요? 그 결정을 왜 헌터 협회에서 하는 거죠? 제 의사는 중요하지 않습니까? 저는 헌터 협회를 가만히 둘 생각이 전혀 없습니다."

나의 이런 말을 예상 하지 못했는지 지부장은 입을 쉽게 떼지 못하고 있었다.

"어떻게 하실 생각이십니까?"

"헌터 협회 본사를 찾아갈 생각입니다. 사람을 건드렸으면 그에 해당하는 값을 치러야겠지요."

"헌터 협회에 전쟁이라도 하실 생각이십니까? 그건 불가능합니다,"

누가 불가능하다는 말인가? 미궁에 있는 몬스터들이 원통해할 말을 지부장은 너무도 쉽게 내뱉었다.

"불가능하다……. 그건 누가 결정하는 거죠? 자꾸 혼자만의 생각을 저에게 강요하지 말아주세요. 제가 헌터 협회에 도착하는 순간 깨달으실 수 있을 겁니다. 불가능한 일이 가능하게 된다는 것을요."

단호한 나의 말과 행동에 지부장은 더는 할 말이 없는지 입술만 비틀어 깨물고 있었다.

"그만 나가주세요. 그리고 헌터 협회에 말해두세요. 조만간 찾아간다고."

지부장은 처량한 뒷모습으로 마을을 벗어났고 나는 그에게 일말의 동정심도 느껴지지 않았다. 전부 그들이 자초한 일들이다. 책임을 질 사람은 내가 아니라 그들이다.

힘 : ?? (?)

민첩성 : ?? (?)

마력 : ?? (?)

재생력 : ?? (?)

특수 능력 : 은신, 강한 힘, 부식, 재생력, 정력 강화, 화계 면역, 독면역, 비늘 강화, 언어능력 강화, 수중 호흡, 회복의 물방울, 5대 원소 면역, 절대 회복, …….

능력 측정 안경은 더는 필요가 없어졌다.

오랜만에 확인한 나의 능력은 능력 측정기의 한계를 벗어나 있었다.

수십 개가 넘는 특수 능력도 일일이 다 외울 수도 없을 지경이다.

그중 쓸 만한 것들만 머릿속에 담았다.

가장 나의 흥미를 집중시킨 특수 능력은 절대 회복이었다.

아마 5층의 주인의 힘을 흡수하며 생긴 힘인 듯했다.

그의 힘을 흡수하며 느낀 청량한 기운으로 봤을 때 회복 능력 계통인 것 같았다.

나는 몸속을 유영하고 있는 청량한 기운을 끌어내 손끝으로 모았다.

손 위에는 초록색 기운들이 형태를 이루지 못하고 떠다녔고 이것이 절대 회복이라는 것을 알았다.

청량한 기운에 들어 있는 힘이라면 충분히 죽어가는 사람도 살릴 수 있을 거라는 것을 알 수 있었다.

지하실에서 시간을 보내고 있는 중 마을로 다가오는 또 다른 기운을 발견할 수 있었다.

이전에 왔던 지부장보다 조금 작은 기운이었지만 충분히 강한 힘을 가진 헌터가 마을로 다가오고 있었다. 왜인지 모를 친근한 기운이기도 했다.

"사장님, 오랜만입니다."

"오랜만은 무슨. 며칠 전에도 보고서는. 그런데 몸은 괜찮냐? 어젯밤에 있었던 일들을 이제야 들었다. 다친 데는 없고?"

"전 괜찮아요. 다친 사람은 제가 아니라 헌터들이죠."

"그 말도 들었다. A급, B급 헌터들을 불구로 만들었다면서. 괜찮겠어?"

사장은 분명 한순간에 강해진 나의 힘에 대해 궁금할 것이다. 하지만 그는 힘에 대해서는 전혀 물어보지 않고 나의 안전만을 확인했다. 그리고 앞으로 있을 헌터 협회와의 전쟁에 대해서만 걱정했다.

"걱정하지 마세요. 저 추용택입니다. 깡 하나는 누구한테도 뒤지지 않습니다."

"그래 그건 잘 알고 있지. 하지만 너는 혼자고 헌터 협회는 수천 명의 인원이라고. 한 손이 열 손을 못 당하는 법이다."

"제가 한 손으로 수천 손을 감당하는 모습을 보여 드릴게요."

나의 당당한 말투에서 사장은 내가 허세를 부리는 것이 아니라는 것을 느꼈다.

어찌 된 건지 물어보고 싶을 것이다. 나는 그의 의문을 해결해 주기 위해 미궁에 관한 이야기를 약간 각색해서 해주었다. 내가 가진 뱀파이어의 힘에 관해서는 말하지 않았지만 미궁에 관한 이야기들과 능력을 보여주어 사장을 납득시킬 수 있었다.

"아직도 못 믿겠어. 시간이 멈추는 공간이라니. 그리고 네가 이렇게 강한 힘을 가지게 되었다니."

사장은 내가 초토화시킨 땅을 보면서도 아직까지 내 이야기를 완전히 믿지 못하고 있었다.

그런 그에게 선물 하나를 해주고 싶었다.

사장이 가진 힘의 원천은 불의 기운. 내가 가지고 있는 불의 기운과 비교하면 터무니없이 작은 기운이다. 그런 그의 기운을 키워줄 수 있을 것 같았다.

그의 몸의 중심에 뭉쳐 있는 불의 기운은 지금 새로운 움직임을 원하고 있었다.

"잠시 뜨거울 거예요. 참으세요."

나는 그의 아랫배에 손을 가져다 대고는 불의 힘을 끌어 올렸다.

나의 기운에 반응해 사장의 뭉쳐 있는 기운이 움직이기 시작했다.

절친한 친구라도 만난 듯 사장의 기운은 나의 기운을 반가워했다. 나는 불의 기운을 한데 어울려 놀게끔 두었고 그들은 서로의 주위를 돌며 장난을 쳤다.

나의 기운에 영향을 받아 사장의 기운은 크기를 점점 키워 나갔다. 그렇다고 해서 나의 기운이 약해지거나 작아지지는 않았다. 단지 같이 시간을 보내는 것만으로도 사장의 기운은 강해지고 있는 중이었다. 하지만 한계가 금방 찾아왔다.

내가 강제적으로 키워줄 수 있는 한계는 여기까지였다.

처음보다 배는 커진 사장의 기운이었지만 아직도 나의 기운에 비하면 한없이 작은 크기일 뿐이다.

"이거 생각보다 힘드네요."

사장의 몸에 내가 가진 불의 기운을 뛰어놀게 하는 것은 엄청난 정신력과 체력을 필요로 했다. 차라리 수백 마리의 몬스터를 상대하는 게 쉽다고 생각이 들었다.

"나한테 무슨 짓을 한 거야?"

그는 갑자기 강해진 자신의 기운을 주체하지 못하고 있었다.

그의 손 위에는 불꽃들이 생겨났다. 노련한 헌터인 사장이 자신의 기운을 제어하지 못한 적은 없었다. 그만큼 한순간에 강해진 힘에 적응을 하지 못하고 있는 그였다.

"그냥 기름을 부어준 거예요."

"이제 정체기에 빠졌다고 생각했는데 갑자기 이렇게 강해지다니."

"뭐 이 정도는 작은 선물이죠."

헌터에게 있어 능력이란 모든 것이다. 힘이 강해지기 위해서 스스로 팔을 자르는 사람도 있었고 몸에 제약을 두는 사람도 있었다. 그만큼 힘에 대한 그들의 욕망은 끝이 없었다.

사장도 그들과 다름없는 헌터였기에 강해진 기운은 그에게 있어서 절대 작은 선물이 아니었다.

"이제 제 말을 믿으실 수 있겠죠?"

"그럼 믿고말고. 이제 네가 하는 말이라면 팥으로 메주를 쑨다고 해도 믿으마."

나는 기뻐하는 사장의 모습에 덩달아 웃음이 나왔다.

"그런데 정말 헌터 협회로 쳐들어갈 생각이냐? 언제 갈 건데? 나도 손을 보태주마."

"괜찮아요. 혼자서도 충분해요. 그리고 사장님까지 헌터 협회에 찍히면 제 돈은 누가 환전해 줘요."

헌터 자격이 복구되었다는 지부장의 말이 사실이라면 나는 이제 자유롭게 마정석을 거래할 자격이 생긴 상태다. 하지만 그러고 싶지는 않았다. 그들이 부탁을 하지 않는 이상 마정석을 그들과 거래하고 싶은 마음은 없었다.

차라리 드워프에게 주며 농기구와 맥주를 얻어 오는 게 마음이 편했다.

"사장님, 헌터 협회에 대한 정보에 대해 알고 계신 거 있으신가요? 누가 나를 죽이려고 지시 했는지, 그 파벌이 누구인지. 저도 다른 헌터들까지 죽이고 싶은 생각은 없습니다."

차가워진 나의 말투에 사장은 강해진 힘에 기뻐하는 얼굴을 거두고 말했다.

"정말 다 죽일 생각이야? 부회장의 밑에 있는 헌터의 숫자가 오히려 회장의 밑에 있는 숫자보다 더 많아. 그렇게 많은 헌터들을 죽인다면 다른 나라의 먹잇감이 될 수도 있어."

헌터가 국력인 세상이다. 군대가 아닌 헌터의 숫자로 국방력을 계산하는 시대에서 많은 수의 헌터를 잃어버린다면 다른 나라의 공격에 속수무책으로 당할 수밖에 없는 것이 사실이다.

"최대한 노력해 볼게요."

"그래 부탁한다. 내가 이런 부탁을 할 자격이 있는지는 모르겠지만 나라를 위해서 최대한 적은 피해로 끝내주길 바란다."

사장은 이제 나의 힘에 대해 완전히 믿고 있는 듯했다. 다른 사람들이라면 1명이 헌터 협회에 쳐들어가 쑥대밭을 만들 거라는 말을 믿지 않을 것이다. 하지만 사장은 믿었다.

그는 감이 뛰어난 사람이었기에 나의 힘이 정말 헌터 협회를 뒤집을 정도라는 것을 느낄 수 있었던 것이다.

"네. 저한테 애국심이 남아 있는지는 모르겠지만 사장님을 봐서라도 최소한의 피해로 끝낼 것을 약속드릴게요."

복수의 불꽃이 타오르고 있을 때 한시라도 빨리 헌터 협회로 가야 한다.

시간이 지나면 활활 타오르던 불꽃도 줄어들게 마련이다. 그러면 나는 또 호구가 되어버리고 만다.

참는다는 것이 꼭 좋은 것이 아니라는 것을 나는 이제 안다.

그런 가르침을 준 헌터 협회에게 보답을 해야 할 시간이다.

* * *

대구와 수원까지의 거리는 290km 고속도로를 따라 자동차로 이동한다고 했을 때 걸리는 시간은 3시간 정도가 소요된다. 하지만 나에게는 목걸이가 있다. 드래곤의 보물인 텔레포트 목걸이는 몬스터 월드로 이동이 가능하기만 한 물건이 아니다. 그렇다면 드래곤의 보물이라는 이름이 아까울 것이다. 대구에서 내가 서울까지 1초면 충분히 도착 가능하다.

서울에서 학교를 다녔기 때문에 서울에 대한 지리도 잘 아는 편이다. 서울역 근처에 세워진 헌터 협회 근처로 텔레포트하는 것은 어렵지 않다.

서울은 한국에서 가장 많은 피해를 입은 지역이었다. 가장 많은 사람들이 있는 곳이며 가장 많은 몬스터 도어가 생겨난 곳이기도 했다. 하지만 몬스터 범람 이후 가장 빠른 속도로 복구되고 있는 곳이기도 했다. 한 국가의 수도를 복원하는 것은 국가가 우선시해야 될 일이었기 때문이다. 많은 부유층이 여전히 서울에 있고 헌터 현회가 서울에 있기 때문이기도 하다. 쑥대밭이 되어 있는 다른 지역과 달리 서울역 근처는 정리가 되어 있는 모습이었다.

더는 기차가 다니지 않는 서울역 또한 제 모습을 어느 정도 찾아갔고 많은 사람들이 모여 있었다.

노숙자들. 서울이 복원이 되었다고 해서 사람들까지 모두 이전 삶을 되찾은 것은 아니었다.

결국 서울의 복원에만 힘을 쓴 결과 사람들의 삶은 하나도 달라지지 않았다.

많은 노숙자들이 서울역 근처에서 배를 곯고 있을 때 가장 높고 신식인 건물이 눈앞에 보였다.

대한민국 헌터 협회 본사.

어디서나 볼 수 있을 정도로 큰 간판이 당당하게 건물 최상층에 붙어 있었고 그 빌딩 주위로는 많은 경호원들이 지키고 서 있었다.

헌터들이 모여 있는 헌터 협회를 쳐들어갈 사람은 없었지만 배고픈 노숙자들의 방문을 막기 위해 경호원들을 세워둔 것 같았다.

지금도 많은 노숙자들이 헌터 협회 밖에서 허기진 배를 채우기 위해 경호원들에게 고개를 조아리고 있었지만 경호원들은 단호하게 그들을 막아서고 있었다.

경호원들의 잘못은 아니다. 그들도 어렵게 직장을 구했고 그 직장을 계속 다니기 위해서 노숙자들을 막아야 했다.

나는 노숙자들과 실랑이를 하고 있는 경호원들에게 다가가 헌터증을 내밀었다.

헌터 자격을 상실했을 때 헌터증을 반납하지 않았기에 아직 B급 헌터라고 명시되어 있는 헌터증을 가지고 있었다.

"누구야! 함부로 들어가면 안 돼!"

아직 경호원들은 내가 내밀고 있는 헌터증을 자세히 쳐다보지 않고 소리를 쳤다.

그들은 나를 막아서기 위해 다가와서야 헌터증을 확인했다.

"죄송합니다. 곧바로 상부에 연락해 보겠습니다."

헌터증을 가지고 있다고 해도 모든 헌터가 헌터 협회 안으로 들어설 수는 없다.

헌터 중에서도 선택받은 헌터. 나라에서 녹봉을 받아먹는 공무원들만이 헌터 협회 안으로 들어갈 수 있다.

나는 공무원은 아니지만 B급 헌터 자격증이 있었기에 그들에게 대우를 받을 수 있었다.

B급 헌터는 공무원이 아니라고 해도 어디를 가도 대우를 받는 그런 존재였다.

경호원들이 무전기를 통해 나의 이름과 등급을 상부에 보고하는 말소리가 들렸다.

나의 이름을 들은 그들이 어떤 반응을 보일까?

헌터 협회에서 대기하고 있는 헌터들이 모두 튀어나온다고 해도 무섭지 않았다.

사자의 발을 무는 개미는 귀찮을 뿐 무서운 존재는 아니다.

"출입 허가가 떨어졌습니다."

경호원은 나의 앞을 열어주었고 나는 정문을 통해 헌터 협회로 들어갈 수 있었다.

안에서 나를 잡을 생각인가?

나의 이름이 무전기를 통해 보고될 때만 해도 수많은 헌터가 튀어나올 것이라고 예상했기에 공격 준비를 하고 있었지만 너무도 쉽게 출입 허가가 떨어졌다.

죄 없는 경호원들을 괴롭히지 않고 헌터 협회에 입성할 수 있게 되어 다행이라는 마음이 들었다.

정문으로 들어서자 수원에서 얼굴을 본 적이 있는 헌터들이 나를 반겼다.

그들의 얼굴에 미소가 보였기에 반갑다는 말을 했지만 속까지 미소를 짓고 있는 걸로는 보이지 않았다.

"오랜만입니다. 어서 들어오세요. 협회장님과 부협회장님이 기다리고 있습니다."

헌터 협회에서 가장 큰 두 파벌을 가지고 있는 두 사람이 나를 기다리고 있다는 말에 나는 묘한 생각이 들었다.

갑자기 강해진 헌터. 한 지역의 지부장을 포함한 60명의 헌터를 불구로 만든 나를 그들이 기다린다는 것은 말이 되지 않는 소리다.

그렇다면 그들이 원하는 것은 분명하다. 내가 필요한 것이다.

자신들의 파벌을 굳건히 하기 위해 내가 필요한 것이겠지.

더 긴 생각을 하고 싶지 않았기에 그들의 안내를 따라 나를 기다리고 있는 사람들이 있는 곳으로 들어갔다.

"반갑습니다. 수원에서 뵙고 처음 뵙겠습니다."

수원에서 나의 말을 노골적으로 의심했던 협회장은 그때와 다른 반응을 보이고 있었다.

갑자기 다른 반응을 보이는 사람은 무언가 꿍꿍이가 있다는 의미이다.

옆에 앉아 있는 부협회장의 얼굴에도 환한 미소가 피어 있었다.

마을로 나를 잡기 위해 헌터들을 내려보낸 사람이 바로 그였다. 그런 사람이 나를 향해 미소를 짓고 있는 모습은 구역질이 날 정도로 역겨웠다.

"제가 이곳에 온 이유는 알고 계시겠죠?"

처음부터 강하게 나가야 한다. 그들의 속에는 능구렁이 수십 마리가 들어 있다.

지금 한국에서 가장 강한 조직의 회장과 부회장을 맡고 있는 사람들이다. 그들에게 약간의 틈이라도 보인다면 그들은 나를 잡아먹기 위해 발톱을 꺼내 들 것이다.

그들의 공격이 무섭지는 않다. 하지만 하룻강아지가 덤벼드는 모습을 좋아하는 호랑이는 없다.

"이곳까지 찾아주셔서 감사합니다. 저희가 먼저 찾아뵙고 용서를 빌었어야 하는데 먼저 찾아오게 해서 죄송합니다. 며칠만 기다리셨어도 저희가 내려갈 계획이었는데 이렇게 찾아오시니 감사한 마음뿐입니다."

정중해도 너무 정중하다. 그들은 한국을 지배하고 있는 사람이라고 해도 무방한 사람들이다. 그런 그들이 이렇게 저자세로 나온다? 쉽게 이해가 가지 않는다.

그들이 내가 가진 힘을 정확히 파악할 리가 없다. 물론 60명의 헌터들의 증언으로 나의 능력을 어느 정도는 파악할 수 있었겠지만 그게 나의 힘의 전부는 아니다.

"제가 여기까지 찾아온 이유를 아신다면 누가 책임지실 생각이십니까? 협회장님이십니까? 아니면 부협회장님이십니까? 전 두 분이 같이 책임을 지신다고 하면 가장 좋은 대답이 될 것 같습니다."

그들의 입장을 고려해서 말을 하고 싶은 생각은 없다. 그랬기에 입에서는 독한 말들이 지체 없이 튀어나왔다. 하지만 그들의 표정은 이전과 다르지 않게 줄곧 미소를 유지하고 있었다.

"합당한 보상 절차를 준비하고 있습니다. 절대 부족하지 않게 해드리겠습니다. 조금만 더 시간을 가지고 대화를 한다면 충분히 상호 간에 만족스러운 결과를 얻을 수 있을 겁니다."

상호 간의 만족스러운 결과?

그런 것은 필요 없었다. 지금 당장 쌓여 있는 화를 풀고 싶은 마음뿐이다. 웃고 있는 그들의 얼굴을 부숴 버리고 싶다.

지금 사무실 주변에서 대기하고 있는 헌터의 숫자는 100명.

그들은 전부 B급 이상의 헌터들이다. 그들이 동시에 움직인다면 서울을 다시 쑥대밭으로 만들 수 있는 전력이다. 그런 그들을 전부 상대하기 위해서는 손속이 매워져야 한다. 수십 명의 헌터가 죽을 것이다. 그것을 바라지는 않았다. 명령을 내린 상부층의 책임이면 충분했다.

"보상 따위를 바라고 이곳에 온 것이 아닙니다. 명령을 내린 사람 하나면 충분합니다. 다른 보상 따위는 준다고 해도 필요 없습니다."

"조금만 진정해 주세요. 지금 흥분하신 이유를 충분히 이해하지만 그렇게 해서 서로 좋을 게 하나 없습니다."

"그렇습니다. 저희는 최대한 추용택 씨가 만족할 만할 보상안을 생각해 두었습니다. 저희 말을 듣고 생각하셔도 늦지 않습니다."

시간을 끌려는 건가? 그들의 목표는 나를 영입하는 게 아니라는 생각이 들었다.

나를 영입하려고 했다면 두 사람이 동시에 나를 만날 이유가 없었다.

각자 따로 나를 만나 나에 대한 대우를 약속하며 나를 혹하게 만들어야 한다.

생각이 여기까지 미쳤을 때 사무실 주변에 있는 몇 사람의 기운이 강하게 움직이고 있다는 것이 느껴졌다.

그들의 기운이 아랫배에서 시작해서 머리로 움직이기 시작했다.

기운이 머리로 움직인다는 것은 정신계 능력 각성자들이 자신의 능력을 펼치기 위해 힘을 끌어 올리는 중이라는 것을 의미했다.

그들이 능력을 펼치는 동안 나는 아무런 행동도 보이지 않았다.

그들이 펼치는 정신계 능력 또한 마법의 일종이다. 마법 면역을 목걸이와 몬스터를 흡수하면서 생긴 마법 내성을 뚫고 그들이 나의 정신을 장악할 가능성은 0에 가까웠다.

"성공했습니다."

사무실 문이 열리고 가장 강한 정신계 능력을 가지고 있는 헌터가 들어왔다.

그들이 무슨 말을 나눌지 나는 가만히 앉아 구경할 생각이다.

"그러게 처음부터 고분고분 우리를 기다리고 있었으면 얼마나 좋아. 이런 방법까지 쓰는 수고를 하게 만들다니. 어서 데리고 나가서 세뇌 작업을 완료해라."

나를 세뇌해서 자신들의 무기로 쓸 생각이었던가?

그들의 생각을 알았기에 이제 가만히 앉아 있을 이유가 없다.

"대충 예상은 했습니다. 저한테 이렇게 극진하게 대할 이유가 없는 분들이 의미 없는 말을 하며 저를 이곳에 묶어두려고 한다면 다른 꿍꿍이가 있다는 말이죠."

펑.

바람의 기운과 흙의 기운을 동시에 끌어 올려 사무실 사방을 가로막고 있는 벽을 부숴 버렸다. 먼지가 사무실 안을 가렸고 나는 그 순간을 놓치지 않고 협회장과 부협회장의 목을 움켜쥐었다.

컥컥거리며 숨 막혀하는 그들의 사정을 더는 봐주고 싶지 않았다.

"놓아라. 어서 그분들에게서 떨어져라."

먼지가 가라앉고 내 손에 협회장과 부협회장의 목이 쥐어져 있는 걸 목격한 정신계 각성자가 나를 보고 소리 질렀다.

말 한 마디에 풀어줄 것이라면 이런 일을 벌일 생각도 하지 않았을 것이란 생각을 그는 하지 못했는지 그는 나를 향해 여러 번 그들을 풀어줄 것을 요구했다.

"나를 세뇌시키려고 한 사람치고는 참 당당해. 내가 그들을 풀어주어야 할 이유를 설명해 봐. 합당하면 놓아주지."

사무실을 둘러싸고 있던 100명 정도의 헌터들이 모두 자신들의 능력을 개방했다.

내가 그들을 놓아주는 순간 나에게 공격을 퍼부을 심산이었다.

이런 상황에서 그들을 풀어줄 것을 요구하다니. 나를 저능아로 생각하고 있는 그들이다.

"그분들이 너에게 그런 대접을 받을 분들이 아니다. 국가의 발전을 위해 얼마나 노력하시는 분들인지 아느냐. 어서 그 손을 놓아라."

애국심을 자극하는 공격인가? 아직 나에게 애국심이 남아 있다고 기대하는 그들의 말에 어이가 없었다.

"그런 상투적인 대답 말고는 이 사람들이 살아야 할 이유가 없다는 뜻이겠지? 그러면 죽어도 상관없겠군."

나는 그들의 목을 움켜진 손에 힘을 더욱 강하게 주었다.

"모든 헌터는 공격해라!"

내 손 위에서 고통스러워하는 그들을 구하기 위해 헌터들의 공격이 시작되었다.

내 손 위에서 죽나 자신들의 공격에 죽나 다를 바가 없다고 생각한 듯했다.

사방에서 수십 발의 화염구가 날아들었고 발밑에서는 돌로 만든 손이 튀어나오기 시작했다. 그리고 육체 강화 각성자들이 나를 향해 달려들었다.

그들을 막기 위해서는 두 손을 쓸 필요도 없다. 나는 몸속의 기운을 끌어 올려 이곳의 통제권을 가져왔다. 땅속에서 튀어나오던 손들은 목표를 바꿔 시전자에게로 향했고 화염구들은 역풍을 맞아 방향을 바꾸었다. 그리고 다가오는 헌터들에게는 협회장과 부협회장을 무기 삼아 휘둘렀다.

일련의 동작들이 5분도 되지 않는 시간 동안 모두 이루어졌고 헌터 협회 건물 안은 신음을 지르는 수십 명의 헌터가 생겨났다.

아직 끝을 내기에는 너무 아쉬웠지만 그들의 공격을 받고 있기에는 시간이 아까웠다.

나는 모든 정신을 땅의 기운에 집중했고 헌터들은 바닥과 천장 벽 사이로 빨려들어 갔다.

공포 영화에서나 나올 법한 장면이 연출되었다. 상반신만을 벽 밖으로 꺼내놓은 그들은 하반신을 조여오는 압박에 비명을 질러대었다.

"이제 얘기를 할 만하겠습니다."

나는 협회장과 부협회장을 놓아주었다.

"저에게 해주신다는 보상안을 한번 말해보세요."

손자국이 퍼렇게 나 있는 목을 문지르는 그들에게 말했다.

자신들을 보호할 헌터들이 전부 벽안에서 비명을 지르고 있었기에 그들의 눈에는 공포심이 엿보였다.

"자네가 평생을 쓰고도 남을 돈을 주겠네."

돈인가? 돈 중요하지. 하지만 나의 화를 풀어줄 정도의 보상안은 되지 않는다.

"돈은 필요 없습니다. 다른 방법을 말해보세요."

"앞으로 자네가 하는 일을 절대 방해하지 않을 것이고 자네가 거주하고 있는 마을에 다른 헌터들이 절대 침범하지 않게 하겠네."

"다른 헌터들이 마을로 공격해 들어온다고 해도 상관없습니다."

마을을 지키는 존재는 다름 아니라 이자벨이었다. 자연계 몬스터조차 어렵지 않게 이겨내는 그녀를 뚫고 마을을 공격할 헌터는 없었다.

"헌터 협회 지부장 자리를 주겠네. 아니, 경상도 총괄 책임자의 자리를 주겠네."

지금까지 들은 보상안 중에서 가장 필요 없는 보상안이 부협회장의 입에서 나왔다.

헌터 협회를 위해 일하고 싶은 생각은 없었다.

이전에는 공무원이 꿈이었던 적이 있었지만 지금은 아니다.

"자꾸 쓸모없는 보상안들만 내놓으시는데 제가 원하는 보상안을 말씀드리겠습니다."

그들은 터무니없는 보상안만 내놓고 있는 입을 다물고는 긴장된 눈으로 나를 바라보았다.

"책임지세요. 두 분 중 한 분이 책임지시면 되겠네요. 책임이라고 해봐야 목숨을 바라는 것은 아닙니다. 단지 헌터로서의 삶만 포기하시면 됩니다. 누가 하시겠습니까?"

*　*　*

숨 막히는 긴장감이 그 두 명 사이에 감돌았다. 누구 하나 쉽사리 입을 열지 못하고 있었다. 서로의 눈치만 보며 상대방이 먼저 입을 열기만을 기다리는 늙은 구렁이 두 마리가 보였다. 그들의 입은 해가 져도 열리지 않을 것 같았고 그 입을 열게 만들어야 한다.

"자꾸 그러시면 두 분 다 헌터직을 내려놓으셔야 합니다. 제가 인내심이 그렇게 긴 편은 아니거든요."

"아니, 우리가 왜 이런 대접을 받아야 하는 건가? 분명 자네를 위협한 것에 대한 잘못은 인정하겠네. 하지만 지금까지 한국을 지탱해 온 우리에게 너무 가혹한 처사가 아닌가. 이건 합당하지가 않네."

"마을 사람들의 목숨은요? 그들은 아무런 가치도 없는 목숨입니까?"

"물론 그들도 소중한 국민의 한 사람이긴 하지만 그들의 목숨보다 우리가 더 가치 있다는 걸 왜 모르는 건가."

특권 의식에 젖어 빠져나올 생각이 없는 그들이었다. 그들이 한국 헌터계의 중요 인물인 건 맞았다. 하지만 그들에게 다른 사람들의 목숨을 홍정할 권한까지 있지는 않았다.

"목숨에도 등급이 있나요? 어차피 목이 부러지면 죽는 건

똑같습니다. 제가 증명해 드릴까요?"

그들은 아직 시퍼렇게 멍들어 있는 목을 감싸며 몸을 웅크렸다.

"우리를 죽인다면 다른 헌터들에게서 무사하지 못할 거야. 마을 사람들의 목숨을 생각한다면 자네는 여기서 멈춰야 하네."

아직도 협박을 시도하는 부협회장의 말에서 인내심을 지탱하고 있던 끈이 끊어져 버렸다.

"사람 목숨을 가지고 거래를 하는 법은 어디에도 없습니다."

부협회장을 바람의 기운을 이용해 나의 곁으로 당겨왔다. 자신의 의지와 상관없이 움직이는 자신의 모습에 하얗게 질린 얼굴을 하고 있는 부협회장의 아랫배에 뭉쳐 있는 기운들을 흩뜨렸다. 단단히 뭉쳐 있는 얼음이 조각나 수증기로 기화되듯이 그의 기운도 몸에서 빠져나갔다. 그는 S급 헌터였고 그가 가지고 있는 기운은 지금까지 봐왔던 어떤 헌터의 기운보다 강했지만 너무도 쉽게 사라져 없어져 버렸다.

털썩.

그를 바닥에 내려놓았다. 이제 그는 헌터가 아닌 평범한 사람으로 인생을 살아가야 한다.

가혹한 짓일까? 절대 그렇지 않다. 잘못된 생각을 가지고 있는 지도부는 없는 것이 낫다고 나는 항상 생각했다. 그리고 그는 지도부가 될 자격이 없다.

"으아아악!"

지독한 허전함이 그의 몸을 감싸겠지. 힘이 빠져나간 몸에 적응이 되지도 않겠지.

그의 얼굴은 기운이 빠져나감에 따라 급속도로 노화되기 시작했다.

나이에 비해 젊어 보이던 그의 얼굴은 그의 나이를 찾아 늙어갔다.

그의 비명 소리를 듣고 있을 때 건물 안으로 수백 명의 헌터들이 들어오는 것을 감지했다.

비상 연락을 받은 헌터들이 헌터 협회로 돌아오고 있는 것이었다.

지금 100명의 헌터가 벽 사이에 끼어 몸을 움직이지 못하고 있었다.

수백 명의 헌터들도 그와 다르지 않은 모습을 하게 될 것이다.

아직 책임을 질 사람이 한 명 더 남아 있다.

헌터 협회장. 그는 이미 포기한 듯한 모습으로 가만히 숨죽이고 있었다.

"멈춰라. 당장 물러서."

벽 사이에 속박되어 있는 동료들이 보이지 않는 건가?

A급 헌터로 보이는 그가 나에게 소리쳤다. 그의 뒤에는 수백 명의 헌터가 나를 바라보고 있었다. 아무리 서울에서 가장 큰 건물이 헌터 협회라고 해도 그들이 다 모여 있기에는 좁아 보였다.

"막을 수 있으십니까?"

나는 두 손을 어깨 위로 벌려 도발을 했다. 부협회장을 부숴 버렸지만 아직 속에 차 있는 화가 가시지 않고 있었다. 치열하게 치고받고 싶은 마음이 강하게 들었다.

지금은 사장이 했던 부탁이고 인간으로서의 도리고 모두 잊고 한바탕 신나게 날뛰고 싶었다.

"그만해라. 너희들은 물러가거라. 그만 조용히 끝내주게나."

"안 됩니다, 협회장님. 저희가 구해 드리겠습니다."

"너희들의 힘으로는 어찌할 수 있는 사람이 아니다. 물러서거라."

내가 잘못 들은 건가? 협회장의 입에서 나올 거라고 상상도 못 한 말이 나왔다.

들끓고 있던 감정이 가라앉았다. 나는 아직까지 무릎을 꿇고 앉아 있는 협회장에게 다가갔다.

"진심입니까? 정말 조용히 능력을 빼앗겨도 괜찮으시겠습니까?"

"저들까지 모두 목숨을 잃는다면 정말 대한민국은 끝일세. 제발 저들을 건드리지 말아주게나."

짙은 슬픔이 묻어 있는 그의 말에서 진심이 느껴졌다. 화가 가라앉자 사장이 나에게 부탁했던 말들이 생각났다. 최소한의 피해로 일을 마무리해 달라는 그의 말을 지킬 수 있게 되었다.

"일어나세요. 마지막으로 한 번만 믿어보겠습니다. 이미 한 명이 책임을 졌으니까 협회장님까지 책임을 지실 필요는 없겠지요."

불과 몇 분 전만 해도 능구렁이처럼 부협회장과 눈치 싸움을 벌이던 그였지만 그도 어쩔 수 없었겠지. 협회장 자신이 능력을 잃어버린다면 자신의 파벌이 부협회장의 파벌에 잡아먹힐 것을 우려했기에 몸을 사릴 수밖에 없었을 것이다.

"무슨 말인가?"

아직도 정신을 차리지 못하고 있는 협회장을 직접 일으켜 세워주었다.

"오늘은 여기까지 하고 돌아가겠습니다. 하지만 다시 한 번 저나 마을 사람들에게 위협을 가해온다면 이 정도로 끝나지는 않을 겁니다."

"알겠네. 절대 그런 일은 생기지 않을 거야. 혹시나 그런 움직임이 보인다면 내가 먼저 막아서겠네. 그리고 자네에게 꼭 연락을 해주겠네."

마지막으로 그의 말을 믿어주었다. 그마저 헌터로서의 능력을 잃어버린다면 헌터 협회는 조각조각 나버리겠지.

"그럼 이만 가보겠습니다."

수백 명의 헌터들이 갈라졌고 나는 그 사이로 걸어 나갔다.

"잠시만. 잠시만 기다려 보게나."

협회장의 목소리에 가던 발을 멈추고 뒤를 돌아보았다. 나에게 어떤 부탁을 할 생각인 건가? 나는 헌터 협회를 위해 일을 해주고 싶은 마음이 전혀 없었다. 그가 무슨 부탁을 하든지 사양을 할 생각이었다. 만약 그가 대구 지역 지부장, 아니, 경상도 지역 총괄 책임자 자리를 준다고 해도 사양할 마음을 먹고 있었다.

"저들을 좀 꺼내주고 가게나."

협회장이 가리킨 손가락 끝에는 벽 사이에 몸을 박고 있는 헌터들의 모습이 보였다.

혼자 김칫국을 마신 것 같아 괜히 무안해졌다. 나는 땅의 기운을 끌어 올려 그들을 벽에서 빠져나오게 해주었고 다시 헌터들이 만들어준 길을 따라 밖으로 나갔다.

나를 멍하니 쳐다보고 있는 헌터들의 눈길은 반갑지 않았기에 정문을 나오자마자 마을로 텔레포트했다.

마을에는 나를 기다리고 있는 여러 사람의 모습을 찾아볼 수 있었다.

내가 가장 사랑하고 아끼는 동생들이 보였고 어느새 형식이와 친해졌는지 그의 어깨 위에 앉아 있는 이자벨. 펜을 잡던 손에 농기구를 대신 들고 있는 두 교수님들과 다른 마을 사람들.

내가 헌터의 길을 걷게끔 도와준 사장. 가장 의외인 것은 대구 지역 지부장의 모습도 보였다는 것이다.

"오빠!"

나를 향해 저돌적으로 뛰어오는 동생들을 조심스레 안아 진정시키고 마을 사람들에게 간단한 인사를 한 뒤 사장과 마을 뒤편으로 얘기를 하기 위해 이동했다.

우리의 뒤를 따라 지부장이 오고 있는 것을 무시한 채 나는 사장과의 대화를 시작했다.

"걱정하지 마세요. 최대한 조용히 끝냈습니다."

조용히 끝냈다는 의미를 고민하고 있는 사장과 지부장의 모습에 나는 좀 더 정확히 말해주어야 했다.

"일단 아무도 죽은 사람은 없습니다. 부협회장의 능력만 잃게 했습니다."

그제야 얼굴이 펴지는 사장이었다.

"정말 잘했어. 고생했어. 아무리 미운 사람들이지만 죽여서는 아무것도 얻지 못해. 그런데 다른 보상은 안 받았어?"

"협회장이 대구 지역 지부장 자리랑 경상도 지역 총괄 책임자 자리를 권유했습니다."

움찔.

지부장의 몸이 심하게 떨렸다. 그의 얼굴에는 허탈감이 가득했다. 그가 대구 지역 지부장의 자리에 올라서기 위해 얼마나 많은 노력을 했는지는 보지 않아도 알 수 있었다.

그런 그의 자리를 뺏지는 않는다.

"그래서 하기로 했어?"

"아니요. 거절했습니다. 공무원은 저랑 체질적으로 맞지 않아서요."

"그래. 공무원은 체질이 있어. 너나 나나 공무원 체질은 아니지. 우리는 자유롭게 사는 게 어울리는 사람들이지. 다른 보상은 없고?"

"딱히 필요한 것은 없으니까요. 제가 돈이 궁한 것도 아니고 그냥 불가침 약속만 받고 내려왔습니다."

나는 뒤에서 우리의 말을 듣고 있는 지부장 쪽으로 몸을 돌렸다.

갑자기 자신을 쳐다보자 그는 화들짝 놀라며 한 걸음 뒤로 물러섰다.

"헌터 협회로 알아보시면 알겠지만 앞으로 우리 마을로 다른 헌터들이 들어오는 것을 금합니다. 만약에 헌터들이 들어온다면 그들의 목숨을 장담할 수 없는 것뿐만 아니라 협회에도 책임을 묻겠습니다."

"알겠습니다. 절대 그런 일은 없을 겁니다."

나는 그에게 부탁하고 싶은 일이 하나 있었다. 차갑게 말을 해놓고 부탁을 하기가 조금 애매했기에 괜한 헛기침을 하고 흘리듯이 그에게 말했다.

"흠흠, 혹시 마정석 환전을 할 장소가 있나요?"

협회장에게는 딱히 바라는 것이 없다고 엄포를 했지만 사실 마을을 운영하기 위해서는 자금이 필요하다. 마정석을 얻는 것은 어려운 일이 아니었지만 환전을 할 곳이 헌터 협회 말고는 딱히 없었다.

"마정석을 가지고 오신다면 저희가 최대한 많은 금액으로 환전해 드리겠습니다. 언제든지 찾아와 주십시오. 아니면 제가 일주일에 한 번이나 한 달에 한 번 마을 입구로 마정석을 받으러 오겠습니다."

그의 대답은 만족스러웠다. 헌터 협회와 더는 안 볼 것처럼 말을 하긴 했지만 돈은 또 다른 문제였다.

"그렇게 해주시면 저는 감사하지요. 그러면 내일 한번 찾아와 주세요. 마정석을 준비해 놓겠습니다."

"알겠습니다. 내일 오전 중에 찾아뵙겠습니다. 그럼 저는 이만 내려가 보도록 하겠습니다."

그는 나와 이은 끈을 이용할 생각을 할 것이다. 그러나 만약 그가 나의 일에 적절한 도움을 준다면 그가 나의 이름을 사용한다고 해도 크게 신경을 쓰지 않을 생각이다.

"오늘은 잔치나 한번 할 생각인데 사장님도 바쁘지 않으면 같이 고기나 먹고 가세요."

"맥주도 있어?"

나는 드워프 마을에서 돌아올 때 맥주 두 통을 들고 온 것을 생각해 냈다.

13개월 전의 기억이었지만 이곳의 시간으로 치면 하루밖에 되지 않은 싱싱한 맥주였다.

"많지는 않지만 한두 잔 할 정도의 맥주도 있습니다."

"맥주는 있다는 말이지. 그럼 고기는 내가 사 오마. 마을 사람들이 배불리 먹을 정도의 고기라면 돼지고기가 좋겠지?"

마을 사람 전부가 배불리 먹을 정도의 고기를 사려면 한두 푼의 돈이 필요한 것이 아니었지만 사장의 주머니 사정을 걱정하지는 않았다.

그에게 건네준 마정석이 그에게도 차익을 남겨주었고 그 금액만 하더라도 마을 사람들을 배불리 먹일 고기를 열 번은 사고도 남을 금액이었다.

안 좋은 기억을 잊는 데에는 맛있는 음식과 술이 큰 도움을 준다.

어제 있었던 끔찍한 기억을 잊기 위해서 인지 불판 위의 고기들은 엄청난 속도로 줄어갔다.

마을 사람 전부가 먹고도 남을 고기를 사 온 사장이었지만 30분도 되지 않아 반절로 줄어버린 고기를 보여 다시 고기를 사 와야 되는 건 아닌지 고민하고 있었다.

나도 너무도 빨리 없어진 맥주가 아쉬워 드워프 마을로 텔레포트해서 맥주를 조금 더 달라고 땡깡을 부렸고 한 통의 맥주를 더 얻어 올 수 있었다.

틈틈이 이자벨의 입속으로도 고기를 넣어주었다.

이자벨이 있기에 나는 아무런 걱정을 하지 않고 움직일 수 있었다.

미궁에서 얻은 힘만큼이나 그녀의 존재는 소중했다.

"고마워."

"야옹?"

큰 두 눈을 깜빡이는 이자벨의 등을 어루만져 주고는 그녀의 입안으로 한 점의 고기를 더 넣어주었다. 아까운 고기를 고양이에게 준다고 생각하는지 약간의 장난기 섞인 얼굴로 나에게 다가오는 사장의 모습이 보였다.

"누구는 못 먹어서 안달인 고기를 고양이나 주고. 음식 아까운 줄 알아야지. 아얏!"

이자벨은 사장의 머리 위로 뛰어올라 그의 머리를 때리고는 잽싸게 나에게로 돌아왔다.

이자벨을 째려보던 사장이 나의 옆에 자리를 깔고 앉았다.

"이제 어떻게 할 생각이야? 계속 몬스터 도어를 없앨 생각이야?"

"그렇습니다. 일단 마을의 안전을 위해서는 대구 지역의 몬스터 도어를 없앨 생각입니다."

"쉽지 않을 거야. C급 몬스터 도어를 없애다가도 죽을 뻔했는데 B급 몬스터 도어는 얼마나 힘들겠어. 그리고 A급은 상상도 하기 싫다."

"D급 몬스터 도어부터 천천히 하면 됩니다. 그리 급하지는 않은 일이니까요."

언젠가 몬스터 범람이 다시 일어날 것을 대비해 대구 지역의 몬스터 도어를 다 없앨 생각이긴 하지만 아직 시간은 있다. D급 몬스터 도어를 유지하는 몬스터의 힘을 흡수하기 시작해서 차근차근 힘을 더 키워 나간다면 얼마 되지 않아 대구 지역의 모든 몬스터 도어를 없앨 수 있을 것이라고 생각했다.

제2장
재정비

처음 오크의 피를 흡수하던 기억이 떠올랐다.

오랜만에 D급 몬스터 월드에 들어왔기에 처음의 어설펐던 모습이 생각난 것이다.

오크 한 마리에도 쩔쩔매던 순간이 엊그제 같았지만 지금은 오크 수십 마리가 와도 무섭지 않다. 이제는 수십 마리의 오크가 나를 피해 도망 다녀야 하는 입장이다.

D급 몬스터 도어의 보스급 몬스터를 찾는 데 오랜 시간이 필요하지는 않는다.

리치가 만들어준 나침반과 기운을 감지하는 능력이면 충

분했다.

보스급 몬스터는 숨는 것을 좋아하는지 땅속 깊은 곳에 살고 있었다.

미궁처럼 복잡한 구조도 아니었기에 그냥 땅의 기운을 끌어 올려 보스급 몬스터가 있는 곳으로 들어가기만 하면 되었다.

"이렇게 숨어 있으면 답답하지 않아?"

거대한 크기의 애벌레 한 마리가 땅속에서 독을 뿜어내고 있었다.

얼마나 강한 독을 품고 있는지 호흡을 내쉴 때마다 맹독이 뿜어져 나왔다.

애벌레는 나의 질문에 대답 대신 독을 뱉어내었다.

나는 애벌레가 뿜어낸 독을 충분히 감당할 자신은 있었지만 온몸에 분비물로 샤워를 하고 싶은 마음은 전혀 없었기에 그의 독을 바람의 막으로 막아내었다.

대화 시도는 한 번이면 족하다. 애벌레가 만든 독막을 검으로 찢어발기며 그에게 다가갔다. 애벌레에게 다가갈수록 그는 더욱 심한 독을 발산했지만 온몸을 바람의 막으로 감싸 독을 방어하며 그의 몸을 향해 검을 휘둘렀다.

녹색 덩어리가 그 상처에서 삐져나왔다. 살마저도 독성분이 다량 함유되어 있어 보였고 그 더러운 장면에 나는 이 싸움을 길게 끌고 싶지 않았다. 나는 오우거 수십 마리는 뭉쳐 있는 크기의 그의 몸을 난도질했다. 애벌레의 마지막 발악이 시작되었다. 온몸의 색이 진한 녹색으로 변하며 사방을 독으로 오염시켰다. 이정도의 독이라면 조금 위험할지도 모른다는 생각이 들었다.

어서 그의 힘을 흡수해야 한다. 애벌레의 더러운 살점을 보는 순간 그의 힘을 흡수하고 싶은 마음이 사라졌지만 해야만 한다. 코를 막고 눈까지 감고는 애벌레의 살집 속으로 얼굴을 파묻었다.

생각보다 맛은 나쁘지 않다. 뱀파이어의 권능 덕분에 맛이 느껴지지 않는 것일지는 몰라도 충분히 견딜 만했다. 애벌레의 피가 목구멍으로 넘어가는 순간 맛은 아예 느껴지지 않고 그의 힘이 내 몸에 흡수되는 기분 좋은 감정만이 느껴졌다.

"확실히 D급 도어의 보스급 몬스터라서 그런지 생각보다 약하군."

미궁에서 있었던 전투에 비하면 너무도 쉬운 전투였다.

자연계 몬스터보다는 강한 힘을 가지고 있는 애벌레이긴 했지만 미궁의 주인인 나무형 몬스터에 비하면 터무니없이 약하였다.

D급과 C급의 차이가 이렇게 크게 난다면 B급의 보스급 몬스터가 얼마나 강할지 상상도 되지 않았다.

"이제 시작이니까. D급과 C급 몬스터 도어의 보스급 몬스터의 힘을 다 흡수하면 B급 보스급 몬스터도 상대할 만하겠지."

희망 사항이지만 그것 말고는 방법이 없다. 더러운 잔해만을 남기고 죽은 애벌레를 두고 땅 위로 나왔다. 더러운 몸을 씻고 싶었기에 공기 중에 있는 수분을 모아 몸을 씻어내었다.

몸이 축축하게 젖었지만 애벌레의 더러운 액체가 묻어 있는 것보다는 훨씬 낫다.

사냥이 가능한 7개의 몬스터 도어 중 내가 없앤 몬스터 도어의 숫자는 2개뿐이다.

D급이 3개, C급이 1개, B급 1개가 남아 있다. 그리고 헌팅이 불가능하다고 판단되어 굳게 봉인된 몬스터 도어까지 합치면 10개의 몬스터 도어가 남아 있다.

이틀에 한 개를 목표로 삼고 있다. D급 몬스터 도어를 관장하는 보스급 몬스터의 경우에는 크게 위험하지 않았지만 C급부터는 조심해야 한다. 미궁의 주인의 힘을 흡수하고 D급 몬스터 도어의 보스급 몬스터의 힘을 흡수했지만 약간 유리할 뿐 압도하지는 못한다.

D급 몬스터 도어의 보스들의 힘을 모두 흡수한다면 C급에서의 사냥도 편해지겠지.

*　*　*

1주일이 걸려 D급 몬스터 도어를 유지하는 보스급 몬스터의 힘을 전부 흡수할 수 있었다.

힘이 강해지긴 했지만 나무형 몬스터를 흡수할 때만큼 확연히 강해지는 느낌을 받을 수는 없었다. 기운이 약간 상승하긴 했지만 마음에 차지는 않았다.

보스급 몬스터 사냥을 하면서 틈틈이 마정석을 모아두었고 오늘 지부장을 만나 환전을 하기로 했다. 아직 점심시간도 되지 않았지만 지부장의 기운이 느껴졌다.

지부장은 부지런한 사람이었다. 그를 오래 기다리게 할 수는 없지. 나는 한 수레가 넘는 마정석을 들고는 그가 기다리고 있는 곳으로 이동했다.

"일찍 오셨습니다."

그는 내가 끌고 온 수레 뒤에 마정석이 쌓여 있는 것을 보고는 놀란 입을 다물지 못하고 있었다. 그의 손에 수레의 손잡이를 건네주자 그제야 그는 정신을 차리고 입을 다물었다.

"이렇게 많은 양의 마정석을 가지고 오실 줄은 몰랐습니다. 제가 준비한 돈이 부족할 것 같습니다. 일단 제가 준비한 돈 만큼의 마정석을 받아 가겠습니다."

"아닙니다. 일단 다 들고 가시고 다음번에 한꺼번에 정산을 해주세요."

"알겠습니다. 한 푼도 빠지지 않고 정확하게 환전해 드리겠습니다. 그런데 혹시 몬스터 도어가 없어진 것에 대해 알고 있으십니까?"

"네, 제가 없앴습니다. 지금 D급 몬스터 도어는 전부 없애 버렸고 이제 C급 몬스터 도어를 없앨 계획입니다."

그는 나의 말에 조금은 어두운 표정을 짓고 있었다.

"무슨 일이시죠?"

"다름이 아니라 몬스터 도어가 없어지자 헌터들이 사냥을 하기 위해 대구 지역을 떠나고 있습니다."

D급 몬스터 도어에서 사냥을 하던 헌터들은 대구 지역에서 더는 사냥을 할 수 없게 되었기에 다른 지역으로 어쩔 수 없이 이동하게 되었다고 한다.

"음, 그것까지는 생각을 못 했군요. 하지만 대구 지역을 조금만 벗어나도 몬스터 도어는 많으니까요. 그리고 그들의 입장까지 생각하면서 움직이고 싶지는 않네요."

"그건 그렇습니다만… 그렇게 되면 저도 입장이 난처해질 수도 있어서요."

"그들이 몬스터 도어에서 사냥해서 가지고 오는 마정석이 이것보다 양이 많습니까?"

수레에 있는 마정석을 쳐다보면서 지부장이 대답했다.

“그렇지는 않습니다.”

“그러면 지부장님도 아쉬울 게 없지 않습니까? 제가 매주 이 정도 양의 마정석을 공급해 드리겠습니다.”

“그렇기는 하지만.”

지부장의 머리가 복잡하게 움직이는 소리가 들렸다. 그는 금방 계산을 끝내고는 말했다.

“알겠습니다. 그럼 잘 부탁드리겠습니다.”

헌터들이 필요한 것은 마정석 때문이다. 마정석을 위해서가 아니라면 오히려 헌터들이 없는 것이 지역을 관리하기가 더 편하다.

대구 지역 헌터 협회 지부장인 그는 대구 지역의 사건 사고도 관리하기 때문에 헌터들이 없어진 대구 지역이 훨씬 더 관리하기 쉽다는 판단을 내렸을 것이다.

마정석도 지금 내가 가지고 온 마정석의 양이 대구를 떠난 헌터들이 가지고 오는 마정석보다 훨씬 많은 양이다.

그가 고민할 이유는 없다.

“그러면 다음 주에 뵙겠습니다. 아, 그리고 혹시 건설업자 아는 분 있습니까? 좀 규모가 큰 건설 회사면 좋겠는데.”

“대구 지역에서 가장 큰 건설 회사를 알고 있습니다. 연락을 해드릴까요?”

아직 마을은 낙후되어 있다. 수리를 한다고 하긴 했지만 전문가가 아닌 마을 사람들과 내가 한 것이었기에 많이 부족했다. 이번에 환전받은 돈이라면 마을을 대대적으로 공사하고도 남을 돈이었다.

"네, 부탁드리겠습니다. 마을을 갈아엎을 정도의 큰 공사일 겁니다. 연락이 되는 대로 찾아오라고 말을 전해주시면 감사하겠습니다."

"네 마정석만 이동시키고 곧장 건설 회사에 말을 전달하겠습니다."

역시나 부지런한 지부장이었다. 그가 마을을 벗어난 지 몇 시간이 되지도 않아 건설 회사의 사장과 인부들이 마을에 도착했다. 그들은 소문으로만 들은 우리 마을의 모습에 놀라워하고 있었다. 허기진 사람 한 명 보이지 않는 마을을 본 적이 없는 그들이었기 때문이다.

"생각보다 일찍 오셨군요. 반갑습니다."

딱 보기에도 건설사의 사장이라고 얼굴에 쓰여 있는 우락부락한 사내가 나의 말에 반응하고 고개를 숙이며 인사를 했다.

"반갑습니다. 대구 토건 박남득입니다. 대대적인 공사를 하신다는 말에 하던 일을 멈추고 달려 왔습니다. 어떤 공사를 하실 계획이십니까?"

"이 마을 전체를 몬스터 범람 이전으로 복구하는 것이 가능할까요?"

50명의 인원이 살고 있는 작은 마을이다. 지금 사람이 살 만한 집이라고 해봐야 10채도 되지 않는다. 크게 불가능할 것 같지는 않았다.

"불가능하지는 않죠. 어떤 공사라도 불가능한 공사는 없습니다. 단지 돈이 얼마나 있는지가 중요할 뿐이지요."

"견적을 한번 내주세요. 100명 정도가 살 만한 마을로 복구하는 데 얼마의 돈과 시간이 걸리는지 알려주세요."

"지금 바로 시작하겠습니다."

그는 인부들을 데리고 마을 주변을 돌아다녔다. 수첩에 무언가를 열심히 적고 있는 그를 두고는 새로운 사람이 마을을 방문했기에 신기한 눈으로 지켜보고 있는 마을 사람들에게 설명을 해주기 위해 다가갔다.

"저 사람들은 누구인가?"

"건설 회사 사람들입니다. 이번에 제가 목돈을 만지게 되어서 마을 복구 작업을 하려고 생각 중입니다. 괜찮으시지죠?"

마을 사람들과 회의도 하지 않고 내 마음대로 결정한 공사였지만 그들이 반대할 것이라고는 생각하지 않았다.

"마을이 더 좋아진다는데 우리가 반대 할 이유는 없지. 그런데 공사에 한두 푼 드는 것도 아닌데 너무 무리하는 거 아닌가?"

"제가 대구에서 가장 많은 돈을 벌 겁니다. 그런 걱정은 하지 않으셔도 됩니다."

"그렇다면 우리야 좋지."

나는 마을 사람들이 모인 김에 그들의 기운을 훑어보았다.

각성할 기미가 보이는 사람이 몇 명 보였다.

특히 나이가 지긋한 신 교수의 기운이 심상치 않았다.

"교수님, 제가 잠시 실례해도 될까요?"

"응? 실례야 해도 되지만 무슨 일 때문인가?"

"신 교수님이 각성자가 될 가능성이 보여서요."

"내가? 나야 한평생 펜만 들고 살았던 사람인데 내가 무슨 각성을 한다고 그러는가."

"일단 확인을 해보겠습니다. 아프지는 않으실 겁니다."

"그렇다면야 알아서 하시게나."

신 교수의 아랫배에 손을 얹었다. 하얀색에 가까운 그의 기운이 느껴졌다. 나는 그의 기운과 가장 가까운 기운을 끌어올려 그의 아랫배에 작게 뭉쳐 있는 기운들을 자극시켰다.

그 기운들은 새로운 기운에 신이 나서 금방 움직였고 몸을 돌다 머리 쪽으로 집중해서 이동했다.

정신계 각성 능력인가?

신 교수의 아랫배에서 손을 떼는 순간 마을에는 또 다른 각성자가 생겨났다.

"뭔가 다른 것이 느껴지는군."

"축하드립니다. 교수님도 이제 각성자가 되셨습니다."

그의 능력은 C급 정도에 불과하지만 정신계 각성자는 드물었기에 그의 가치는 높았다.

마을은 운영하는 데 정신계 각성자의 능력이 필요하기도 했다.

특히 가축들을 관리하는 그에게 정신계 능력은 큰 도움이 될 것이다.

신 교수의 몸으로는 전투에 나가는 것은 불가능하지만 가축들을 다루는 데에는 무리가 없었다.

신 교수를 시작으로 6명의 각성자가 더 생겨났다.

모두 등급은 C급 정도였지만 그들의 존재 자체가 마을에는 큰 도움이 될 것이다.

특히 육체 강화 각성자의 경우에는 이제 내가 아니라도 무거운 물건을 옮길 수 있을 것이고 농사일에도 도움이 된다.

새로운 각성자가 자신의 능력을 한창 시험하고 있을 때 건설 회사의 사람들이 마을 주변을 다 둘러보고는 나에게로 다가왔다.

"대충 견적을 뽑아보았습니다. 이 정도의 금액이면 이전의 모습은 아닐지라도 지금보다는 훨씬 좋은 환경의 마을이 될 겁니다."

그가 제시한 금액은 내가 충분히 감당할 수 있는 금액이었다. 오늘 지부장에게 받은 돈의 절반도 되지 않는 금액이었다.

"이 견적도 괜찮긴 하지만 좀 더 투자한다면 어떻게 되겠습니까?"

"돈이 많을수록 더 좋은 환경이 되겠지요."

"그러면 이 견적의 두 배 정도로 계획을 잡고 공사를 시작해 주세요. 선금으로 절반을 드리겠습니다."

나는 그의 기운을 이미 머리에 기억해 두었다. 그가 사기를 치고 도망갈 수 있는 방법은 없었다.

"통이 크시군요. 알겠습니다. 그러면 공사는 내일부터 시작하면 되겠습니까?"

"네 그렇게 해주세요. 자세한 상의는 마을의 대표인 두 분의 교수님들과 해주시기 바랍니다. 저보다는 더 대화가 통하실 겁니다. 교수님들 이쪽으로 좀 와주세요."

나는 두 교수님들을 불렀고 공사에 관한 일을 그들에게 일임했다.

그들은 머리를 쓰는 일을 좋아하는 사람들이었기에 흔쾌히 나의 제안을 받아들였고 건설사 사람들과 죽이 맞는지 여러 얘기들을 나누었다.

쿵쾅쿵쾅.

공사가 한창 진행 중이었다. 이미 나머지 절반의 건설 자금을 모두 건설사 사장에게 주었다.

그가 열심히 공사를 진행하는 모습에 믿음이 갔기 때문이다.

한창 공사가 진행되고 있을 때 나는 절대 이곳에 오지 않을 거라고 생각했던 사람의 기운을 느낄 수 있었다.

협회장이 여기에 무슨 일로 온 거지?

나는 서두르지 않고 천천히 기운이 느껴지는 방향으로 걸어갔다.

그가 나의 경고를 잊지 않았다면 여기에 발을 딛는 순간 목숨이 위태로워진다는 것을 알고 있을 것이다.

협회장의 모습이 보였다. 불과 얼마 전에 나에게 무릎을 꿇었던 그가 마을의 입구에서 나를 기다리고 있었다.

제3장
교류의 장

나를 보는 협회장의 눈에는 두려움이나 공포심이 전혀 느껴지지 않았다.

그가 공포를 그리 쉽게 극복할 정도의 정신력을 가지고 있다고는 믿기지 않았다.

하지만 협회장에게서 다른 감정을 읽을 수 있었다.

다급함.

무엇이 그를 이다지도 다급하게 만든 것일까? 그가 마을에 왔다는 사실에 분노를 터뜨리기보다 그 이유를 알고 싶어졌다.

"무슨 일로 여기까지 오신 겁니까? 협회장님이 이곳까지 오실 이유가 있다고는 생각되지 않는데요."

"미안하네. 도와주게나."

"무엇을 도와달라는 말씀이십니까?"

"지금 일본에서 시비를 걸어오고 있다네. 일본 헌터들이 한국으로 넘어왔네. 처음에는 여행의 목적이라고만 하는 그들이었기에 우리는 아무런 대응도 하지 않았지만 그들의 행동이 수위를 넘었다네."

"아니, 일본 헌터들이 한국에 넘어왔다고 해서 문제가 되는 겁니까? 충분히 한국 헌터들만으로 그들을 막을 수 있지 않습니까?"

"나도 그렇게 생각했었다네. 하지만 그들의 능력이 우리 생각보다 훨씬 뛰어나네. 이미 헌터 협회의 A급 헌터 일부가 그들과의 싸움에서 치명상을 입고 누워 있다네."

협회장이 나에게 이런 거짓말을 할 이유는 없어 보였지만 그의 말을 쉽게 믿을 수가 없었다. 우리나라나 일본이나 몬스터 범람에 의해 피해를 입은 것은 별반 다르지 않았다.

아니, 오히려 우리나라보다 일본의 피해가 더 심하다고 알고 있었다.

섬나라로 되어 있는 일본의 지형상 몬스터를 피할 곳이 없었고 그들을 막아내기 위해 큰 손해를 입어야 했다.

그런 일본이 벌써 회복해 우리나라에 넘어왔다?

쉽지 않은 일이다.

"아니, 그들이 무슨 이득을 보려고 한국에 왔다는 말씀이십니까?"

"수원 지역 몬스터 범람이 있기 전에 일본 쪽에서 교역을 요청해 왔다네. 하지만 너무도 일방적이고 우리가 손해 보는 요청이었기에 우리는 단칼에 거절했지. 자신들의 헌터들이 자유롭게 이동할 권리를 달라고 하더군."

"그건 잘하셨군요."

아무리 정부가 제 기능을 하지 못하고 있는 지금이긴 하지만 일본의 불평등한 협상을 받아들일 정도는 아니다.

"그래서일 거야. 우리나라로 헌터들을 파견한 이유가. 실력 행사를 하겠다는 거지."

"일본의 헌터들이 얼마나 강하길래 이러시는 겁니까? 아무리 강해봤자 소수의 인원이지 않습니까. 그렇다면 잘하시는 거 하시면 되지 않습니까. 저를 상대할 때는 수백 명의 헌터로 압박해 놓고 일본 헌터들에게는 그러지 못할 이유라도 있습니까?"

"그건 미안하네. 하지만 일본 헌터들에게 그럴 수는 없다네. 그렇게 한다면 일본과의 전쟁이네. 그걸 알기에 자네에게 이렇게 부탁을 하러 온 게 아니겠는가. 이번 기세 싸움에서

지면 우리는 불평등 협상을 맺어야 할지도 모른다네."

"그들의 숫자와 능력이 어떻게 됩니까? 정말 한국의 헌터들로 그들을 상대하지 못합니까?"

"그들은 10명이고 전부 A급 이상의 헌터들이라네. 그중 리더로 보이는 자는 SS급이네. 우리나라의 유일한 SS급 헌터가 행방불명된 이후로 그들을 상대할 방법이 없다네."

"제가 알기로는 S급 헌터가 우리나라에도 3명은 있다고 알고 있는데요?"

"그중 한 명이 더는 헌터로 살아갈 수 없지 않은가."

부협회장. 내가 그의 기운을 흩뜨려 버렸기에 우리나라에 있는 S급 헌터는 고작 2명뿐이다.

SS급 헌터를 상대하는 데는 부족한 숫자다. 아무리 S급 헌터가 강력한 힘을 발휘한다고 해도 SS급 헌터 앞에서는 어린아이의 재롱에 불과하다.

협회장의 도움에 손길을 내밀어야 할까? 헌터 협회와 더는 연관되고 싶은 마음은 없었지만 그렇다고 해서 일본의 헌터들에게 굴욕을 당하는 모습을 지켜보기에는 아직 머릿속에 기억나는 애국가가 나의 마음을 불편하게 만들었다.

"그들의 작전은 무엇입니까?"

"지금 양국 간의 헌터 교류의 장을 열자고 하네. 말이 교류의 장이지 한판 붙어보자는 말과 다르지 않다네. 우리나라 헌터들의 실력을 보려고 하는 거지. 여기서 기세가 밀린다면 우리는 끝도 없이 일본이 요구하는 요청을 받아들여야 한다네."

나를 움직이게 하기 위해 협회장이 말에 약간의 과장을 섞었겠지만 대부분의 말이 사실일 것이다. 조금만 알아보면 쉽게 알 수 있는 사실 가지고 거짓말을 하지는 않을 것이다.

헌터 협회를 도와주고 싶지는 않지만 도와주지 않을 수 없는 상황이다.

그렇다면 나는 적절한 보상을 받아내야 한다. 그렇지 않으면 나는 그들에게 호구로 보이겠지.

"제가 도와준다면 무슨 보상을 해주실 겁니까?"

"원하는 것을 말해보게나. 자네가 원하는 것을 최대한 해주도록 하겠네."

"제가 원하는 것은 많지는 않습니다. 일단 대구 지역 몬스터 도어에 대한 통제권을 저한테 주십시오."

지금 개방되어 있는 몬스터 도어에 대한 텔레포트는 가능했지만 개방되지 않은 5개의 몬스터 도어에 들어갈 수 있는 방법이 없었다. 대구 지역에 있는 모든 몬스터 도어를 없앨 계획을 실현시키기 위해서는 봉인된 몬스터 도어에 대한 통제권이 필요했다.

"대구 지역의 몬스터 도어가 파괴되고 있다고는 들었네. 다른 몬스터 도어도 파괴할 생각인가?"

"그렇습니다. 대구 지역에 있는 모든 몬스터 도어를 파괴할 생각입니다. 하지만 다른 지역의 몬스터 도어는 손대고 싶은 마음이 없으니까 그렇게 알고 있으세요."

그들이 내가 다른 지역의 몬스터 도어를 파괴하는 것을 원할까?

그렇지 않을 것이다. 몬스터 도어는 황금 알을 낳는 거위였다. 그들은 몬스터 범람이 걱정되면서도 몬스터 도어를 파괴하고 싶지는 않을 것이다.

"알겠네. 대구 지역 지부장에게 말해두겠네. 그리고 다른 원하는 것이 있는가?"

마땅히 생각나는 것이 없었다. 하지만 말해야 했다. 무리할 정도로 보상을 원해야 그들이 나를 쉽게 보지 않을 것이다.

"그리고 제가 구해 오는 마정석에 대한 세율을 없애주세요."

"세율을 완전히 없앨 수는 없다네. 하지만 지금의 절반 정도로 줄여주도록 하겠네. 대신 매달 쌀과 식량을 보내주겠네."

이미 마을은 자급자족이 가능한 상황이다. 그런 상황에서 식량은 딱히 필요하지 않았지만 준다는 것을 거절하지는 않았다.

"그리고 매달 옷과 생필품 등을 보내주세요."

"알겠네. 마을 사람들의 인원에 맞추어 생필품을 보내주도록 하겠네. 이 정도면 되겠는가?"

협회장이 무리하고 있다는 것을 느낄 수 있었다.

이 정도의 보상이라면 충분히 몸을 움직일 가치가 있었다. 사실 일본과의 일이 아니라면 이런 보상의 몇 배를 해준다고 해도 움직이지 않았을 것이다. 애국심이라기보다는 일본에 대한 적개심이 나를 움직이게 했다.

"언제 서울로 올라가면 되는 겁니까?"

"지금 당장 같이 올라가도록 하세나. 3일 후에 교류의 장이 열린다네. 지금 출발해야 몸 상태를 유지할 시간이 있지 않겠는가."

"3일 후인가요? 그러면 제가 3일 후 오전에 헌터 협회로 찾아가겠습니다. 늦지는 않을 테니 걱정은 하지 마세요."

협회장을 뒤로 하고 다시 마을로 돌아갔다.

한창 공사로 시끄러운 마을이었기에 내가 협회장을 만나러 갔다 온 사실을 아무도 알지 못하고 있었다. 이자벨만이 협회장의 기운을 느꼈던지 나에게 다가와 제 몸을 비벼대었다.

"이자벨, 3일 후에 잠시 헌터 협회에 갔다 와야 할 것 같아.

오래 걸리지는 않을 거야. 그동안 네가 마을을 보호해 줘."

"야옹."

마을로 온 뒤 줄곧 고양이의 모습을 하고 있는 그녀였기에 마을 사람들은 이자벨을 내가 기르는 애완 고양이로만 생각하고 있었다. 내가 아닌 다른 사람의 곁에는 가지 않았기에 동생들이 먹을 것으로 그녀를 유혹해 보았지만 그녀는 나 이외의 다른 사람에게 제 몸을 맡기지 않았다. 그 때문에 동생들은 항상 그녀를 먼발치에서만 볼 수밖에 없었다.

그녀가 뱀파이어라는 사실을 알면 마을 사람들이 어떻게 반응할까?

그럴 날이 올지도 모른다. 마을이 위험에 처하게 된다면 그녀는 원래의 모습으로 돌아와 마을을 지킬 것이다. 그런 날이 오지 않기를 원했지만 일단 지금은 그녀가 있기에 마을에 대한 걱정은 없었다.

약속했던 3일이 지났다. 나는 헌터 협회로 가기 위해 마을 사람들과 동생에게서 잠시 떠나 있어야 했다.

"오늘 사냥 갔다가 사장하고 얘기 좀 하고 올 거라서 조금 늦을지도 몰라. 먼저 자고 있어."

"응 알았어. 그래도 일찍 와야 돼."

"그래, 올 때 맛있는 거 사 올게."

동생들의 눈길이 보이지 않자 나는 곧바로 헌터 협회 근처로 텔레포트를 했다.

이전에 나를 본 적이 있는 경비원이 정문을 지키고 있었기에 아무런 제재도 받지 않고 헌터 협회 안으로 들어갈 수 있었다.

"어서 오게나. 기다리고 있었네."

협회장은 정말 나를 기다리고 있었던지 정문 앞에서 나를 반겼다.

"어디서 교류의 장인지 뭔지가 열리는 겁니까? 여기는 아닐 거고."

대련이 목적이라고 해도 헌터들 간의 싸움이다. 헌터들 간의 싸움이 건물 안에서 이루어질 수는 없었다.

"상암 월드컵 경기장에서 하기로 했다네. 일본 헌터들은 상암 월드컵 경기장 주변에서 숙소를 구했다고 하니 우리만 늦지 않게 가면 된다네."

월드컵이 열렸던 상암 월드컵 경기장은 지금에 와서는 흉물스러운 건물일 뿐이었다.

하지만 일반 사람들의 눈을 피해 헌터들 간의 대련을 할 장소로는 그곳만큼 좋은 장소가 없었다.

"알겠습니다. 바로 이동하시죠."

헌터 협회 안에서 담화를 나누고 싶은 마음은 없었기에 협회장을 재촉하여 상암 월드컵 경기장으로 차를 이용해서 이동했다.

몬스터 범람 전에도 한 번도 타보지 못했던 고급 외제 승용차를 타고 도로를 달렸고 여러 대의 승합차가 우리의 뒤를 따라 움직였다.

상암 월드컵 경기장에 도착하자 우리를 기다리고 있는 강한 기운이 느껴졌다.

날카로운 힘을 가진 기운.

확실히 그들을 상대로 한국 헌터들이 고전을 면치 못할 것이라는 확신이 들었다.

"이제 들어가세나."

부서진 상암 월드컵 경기장 안을 임시로 만들어둔 입구를 이용해 들어갔다.

교류의 장을 위해 급히 치운 티가 나는 입구였지만 여전히 돌무더기를 어렵지 않게 찾아볼 수 있었다.

경기장 안으로 들어서자 비웃음을 짓고 있는 일본 헌터들의 모습이 보였다.

그들의 행동거지에는 예의가 가득했지만 그들의 표정을 보고 있자니 그들의 그런 행동이 가식이라는 것을 쉽게 알아차릴 수 있었다.

정중한 인사와 비웃음.

어울리지 않는 조합이었지만 그것이 일본 헌터들의 모습이었다.

간단한 인사를 마치고 협회장을 비롯한 여러 사람들의 대화가 오갔다.

간단한 행사가 끝이 나고 지루함에 몸을 비틀고 있는 나를 향해 협회장이 다가왔고 나는 그에게 재촉했다.

"언제 행사가 끝나는 겁니까. 저는 대련만 하면 된다고 생각했는데 이거 너무 시간을 질질 끄는 거 아닙니까?"

"비공식적이라고 해도 국가 간의 행사일세. 이 정도는 양보해 주게나."

"알겠습니다. 그러면 이제 대련을 시작하면 되는 겁니까? 대결 방식이 승자전 방식이면 좋겠습니다."

SS급의 일본 헌터를 제외한다면 한국 헌터들도 충분히 그들을 상대할 수는 있었지만 변수를 만들고 싶지는 않았다.

승자전 방식이라면 나 혼자 그들 전부를 상대할 수 있다.

"안 그래도 일본 헌터들이 승자전 방식을 요구해 왔다네."

무덤을 파는 일본 헌터들이다. 그들은 승자전 방식이 자신들에게 유리하다고 생각했을 것이다. 하지만 그들의 예상 범주 안에는 내가 포함되어 있지 않았겠지. 세상에는 변수가 존재하고 오늘의 변수는 나일 것이다.

"그러면 제가 선봉에 나가도 되겠습니까? 괜히 다른 한국 헌터들이 다칠 필요는 없다고 생각되는데요."

"그래주겠나? 그런데 일본의 SS급 헌터를 상대로 이길 수 있겠는가?"

"협회장님. SS급 헌터와 싸워보신 적 있으십니까?"

"지금은 행방불명된 SS급 헌터와 사냥을 나간 적은 있다네."

"그렇다면 잘 아시겠네요. 제가 그와 비교해서 약한 것 같습니까?"

"아닐세. 그라도 헌터 협회에서 난동을 피울 정도는 아니지."

협회장과 한참 대화를 하고 있을 때 어디선가 큰 하품 소리가 들려왔다.

경기장 한가운데에 서서 우리가 있는 방향으로 한 명의 일본 헌터가 하품을 하고 있었다.

"너무 오래 기다리게 한 것 같군요."

"그럼 부탁하겠네."

그는 경기장으로 다가가는 나의 모습을 보면서도 여전히 하품을 하고 있었다.

나는 안중에도 없다는 얘기일까? 일본 헌터 협회에서도 자료 조사를 했을 것이다.

A급 이상의 헌터들의 명단을 그들도 알고 있을 것이다. 하

지만 그들의 가지고 있는 명단에는 나의 인상착의는 없었을 것이고 그랬기에 나를 쉬운 상대로 보고 있는 것이다.

그가 언제까지 그런 마음을 먹을 수 있는지 두고 볼 생각이다.

내가 경기장 중앙으로 도착하자 심판을 맡은 사람이 간단하게 규칙을 설명했다.

"어디까지나 교류를 위한 대련입니다. 절대 목숨을 노리는 공격을 해서는 안 됩니다. 항복을 선언한 상대방에게 공격을 가하면 패배로 간주하겠습니다. 그리고 위험한 상황이 생기면 당장 경기를 중단하도록 하겠습니다."

그는 일본어에도 능한지 나에게 한 말을 일본어로 일본 헌터에게도 하였다.

일본 헌터는 간단하게 고개를 끄덕였고 심판은 우리의 한참 뒤로 물러섰다.

헌터들 간의 싸움에서 새우 등이 터지고 싶지는 않겠지.

* * *

심판이 물러선 순간 전투는 시작되었다.

대련이라고 하기에는 서로를 바라보는 눈빛이 흉흉했다. 일본 헌터는 압도적인 상황을 원했고 나는 이곳까지 오게 한 그들이 마음에 들지 않았다.

먼저 움직인 것은 일본 헌터였다.

그는 사무라이나 쓸 법한 일본도를 꺼내 들었고 일본도 위를 불길로 덮었다.

그가 가지고 있는 힘은 A급 헌터 중에서도 상위권.

선봉으로 나오기에는 아까운 솜씨였지만 이곳에 있는 일본 헌터 중에서 가장 약한 그였다.

신속하게 거리를 좁혀 오는 그의 발걸음. 잰걸음으로 움직였지만 빨랐다.

그와의 거리가 한 보 반 정도 되자 그의 손이 움직였다.

나의 머리를 향해 다가오는 일본도를 보자 그는 애초에 나를 죽일 생각인 것 같았다.

심판의 말에 고개를 끄덕인 그였지만 선봉의 임무는 승리가 아니라 기선 제압이었다.

그에게 얌전히 머리를 내놓을 마음은 전혀 없었기에 나는 방향을 틀어 그의 일본도를 피해내었다. 그와 상대하는 데 드래곤 본으로 만든 검이 필요할까? 과투자였다.

소 잡는 검으로 닭을 잡을 필요는 없다. 그를 상대하는 데는 두 손을 다 사용하기도 아까웠다. 내가 자신의 공격을 아무런 피해도 없이 피해낼 줄은 몰랐던지 그는 약간은 당황한 듯이 보였다. 그것도 잠시 그는 다시금 손아귀에 힘을 집어넣고는 나를 향해 도를 휘둘렀다. 이번에는 머리가 아닌 몸통이 그의 목표였다. 나도 이번에는 그의 검을 피할 생각이 없었다. 손아귀에 바람의 힘을 잔뜩 머금고는 그의 검을 향해 손바닥을 내밀었다. 도와 손바닥의 싸움은 일반적으로 더욱 단단한 도가 이기는 것이 당연하지만 이번은 달랐다.

바람의 기운을 가르지 못한 그의 일본도가 손바닥 위에서 멈추어 있었다.

나는 흙의 기운을 끌어 올려 일본도를 움켜잡았다. 그가 나의 손바닥에 상처를 낼 거라는 생각은 들지 않았지만 방심은 금물이다.

일본도의 날카로움이 느껴졌다. 그 날카로움을 무디게 하기 위해 손아귀에 힘을 주었고 일본도는 힘을 견디지 못하고 부서져 버렸다.

도를 잃어버린 사무라이는 궁지를 잃은 것과 다름없다고 했던가? 그의 움직임이 급속도로 느려졌다. 전투 의지를 잃어버린 것이다. 의지를 잃은 사람과 긴 싸움을 하고 싶지는 않았다.

나는 그대로 그의 턱에 주먹을 날렸고 무언가가 부서지는 소리와 함께 그는 바닥에 쓰러졌다.

쓰러진 그를 향해 가볍게 목례를 하고는 심판을 바라보았다.

"한국 헌터 협회 승리."

나의 승리가 선언되자 대기하고 있던 의료진들이 일본 헌터를 향해 다가갔다.

자신들의 동료가 쓰러져 있지만 다른 일본 헌터들은 걱정하는 눈빛이 아니라 경멸의 눈빛으로 그를 바라보고 있었다. 동료애라고는 찾아 볼 수 없는 그들이다. 한국의 헌터에게 쓰러진 모습이 그렇게 부끄러운 일일까? 저들도 곧 그와 다를 바 없는 모습으로 쓰러질 것이다. 그때도 지금의 표정을 유지할 수 있을지 궁금하다.

"다음 상대 나와주시기 바랍니다."

너무도 쉽게 끝난 대결에 당황한 건지 심판은 일본 헌터들을 향해 한국말로 소리쳤지만 일본 헌터들은 심판의 말을 알아들었던지 헌터 한 명이 경기장 중앙으로 다가왔다.

입을 열어 인사를 할 필요조차 없었다. 가벼운 목례만으로도 충분했다.

그는 선봉에 섰던 일본 헌터와는 달리 조심스럽게 나에게 다가왔다.

성급하게 움직이다 순식간에 바닥에 쓰러진 선봉의 모습을 보았기 때문이다.

천천히 거리를 좁히는 그의 모습이 답답했고 나는 성큼성큼 그에게 다가갔다.

그가 뒷걸음질을 치지는 않았기에 거리는 금방 좁혀졌고

나는 도를 들고 있는 그의 거리로 들어갔다. 일본도를 들고 있는 그였기에 나보다 거리에서 이득을 보고 있다.

여기서 도를 휘두르지 않는다면 겁쟁이일 것이다.

예상대로 그의 도가 나를 노리고 다가왔다. 그의 도가 나를 노리고 날아들 때 발밑으로 이상한 기운이 움직이는 것이 감지되었다.

쌍방 공격인 건가? 위쪽은 검으로 아래쪽은 땅의 힘으로. 나쁜 선택은 아니었지만 상대를 잘못 만났다. 땅의 힘에는 땅의 힘으로 상대를 해주는 것이 도리겠지.

나는 돌보다 단단하게 만든 팔로 그의 검을 막아내며 내 발밑을 노리는 그의 공격을 땅의 기운을 이용해 무효화시켰다. 거기서 멈추지 않고 땅의 기운은 그의 발을 노리며 움직였다.

그는 이런 공격을 당할지 예상을 하지 못했던지 너무도 쉽게 두 발을 내가 끌어 올린 기운에 잡아먹혔고 그대로 땅 밑으로 파고들어 갔다. 머리만 남기고 온몸을 땅 밑에 묻고 있는 상황에서 승자를 예측하는 것은 너무도 쉬운 일이다.

"한국 헌터 협회 승리."

땅의 기운을 풀어 그에게 가해지는 압박을 멈추었다. 그는 몸을 조여 오는 기운이 사라지자 어렵지 않게 땅 위로 기어 올라올 수 있었다.

원통한 표정을 짓고 있는 그였다. 힘의 차이를 느끼지 못한 건가? 이 상황에서 저런 표정을 짓는 그가 이해되지 않았다.

그가 돌아가자 곧바로 다른 헌터가 튀어나왔고 이전과 같은 방식으로 승리를 따내었다.

8명의 A급 헌터를 잡아내는 데 걸린 시간은 밥 한 끼 먹을 시간 정도밖에 되지 않았다.

이제 남은 일본 헌터는 단 두 명. S급 헌터 한 명과 SS급 헌터.

일본 정부에서도 이런 능력을 가진 각성자를 한국으로 보낸 것이 쉽지 않은 선택이었을 것이다. 그만큼 대륙을 향한 진출에 목말라하고 있는 일본이었다.

"제가 먼저 가겠습니다."

S급 헌터에게는 그에 걸맞은 힘으로 상대해 주어야 한다.

더욱 처절하게 힘의 격차를 느끼게 해주어야 납득을 할 것이다.

그가 경기장 중앙으로 오자마자 그에게 달려들었다.

갑작스런 나의 공격에 당황하지 않고 기운을 끌어 올리는 그였고 쇠사슬에 낫을 매단 무기로 나를 공격해 왔다. 처음 상대해 보는 무기였지만 막아내는 것이 어려워 보이지는 않았다.

나는 그가 휘두른 낫을 피해내며 손으로 잡아채려고 했다. 그때 낫은 기이한 움직임을 보이며 나의 손을 피해내었다. 바람이 움직였다.

바람의 기운을 사용하는 각성자인가?

그의 무기와 바람은 궁합이 좋아 보였다. 곡선과 직선을 넘나들며 변칙적으로 들어오는 공격에 바람의 힘까지 섞이게 된다면 낫을 피해낼 사람이 많지는 않을 것이다.

쇠사슬의 길이만큼의 거리를 그가 장악했다.

일반적인 헌터라면 그와 거리를 좁히기 위해서는 매섭게 움직이고 있는 쇠사슬과 낫에 살을 내주어야 했을 것이다.

하지만 나는 그를 이기기 위해서 살을 내주고 싶은 마음이 없었다.

솔직히 그의 공격이 나의 피부에 상처를 낼 것 같지도 않았다.

그러나 상대의 무기가 몸에 닿아서 좋을 게 뭐가 있을까.

그가 조종하는 바람을 내 편으로 만들면 되는 일이다.

매섭게 불어오는 바람의 방향이 바뀌었다.

쇠사슬로 형성하고 있던 막에 구멍이 생겨났다. 자신의 마음과 다르게 움직이는 쇠사슬을 바르게 움직이려고 노력하는 그의 모습은 필사적이었다.

나는 구멍이 숭숭 난 막 안으로 들어갔다. 그는 자신의 조종을 거부하는 쇠사슬을 집어 던지고는 일본도를 꺼내 들었다.

일본 헌터들은 사무라이의 영향 때문인지 모두 일본도를 한 개씩 차고 있었다.

일본도를 다루지 못하면 헌터가 될 수 없는지 그들 모두 일본도를 능숙하게 다루었다.

횡으로 한 번, 종으로 한 번. 그의 공격은 이전 상대의 것보다 날카로웠지만 그것이 전부였다.

날카롭지만 치명적이진 않다.

쾅. 쾅.

일본도와 손이 부딪치는 소리는 마치 돌을 두드리는 곡괭이가 낼 법한 소리를 내었다.

아무리 두드려도 바위가 부서지지 않는다면 광부는 좌절을 하고 말 것이다.

지금 그는 좌절을 하고 있는 중이었다. 그가 좀 더 쉽게 마음먹도록 도와주고 싶었다.

펑.

그의 가슴이 터져 나갔다. 누군가가 움켜쥔 것처럼 그의 가슴팍은 흉하게 일그러져 있었지만 목숨이 다할 정도는 아니었다. 선봉을 치료한 것을 제외하고는 할 일이 마땅히 없었던 의료진들이 급하게 그에게 뛰어갔다.

그가 들것에 실려 나가자 비웃음 대신 비장함으로 무장한 SS급 헌터가 경기장 중앙으로 걸어왔다.

걸어오면서 그는 자신의 기운을 끌어내고 있었다. 바람의 기운과 불의 기운.

일반적인 헌터들은 한 가지의 기운을 제어하기도 힘들어 했다. 하지만 그는 두 가지의 기운을 동시에 움직이고 있었다. 불의 기운과 바람의 기운은 서로 상호작용을 일으킨다. 불이 바람을 만나면 더욱 강해지는 것과 같은 이치다. 그의 공격 방법이 예상되었다. 불을 머금은 회오리. 그가 가진 기운을 보자면 이곳 경기장을 다 태우고도 남을 회오리를 만들어낼 수 있을 것이다. 조금씩 모습을 보이기 시작하는 회오리는 점점 속도를 붙여 나갔고 그 중심에는 불길이 번지고 있었다.

그 불길은 중심에서 시작해 외곽으로 움직였고 회오리의 외벽을 감싸고 있었다.

하나의 회오리가 아니었다. 그의 주변에는 비슷한 형상을 한 회오리가 더 생겨나고 있었다. 그 숫자는 점점 많아져 다섯이 되었다.

SS급 헌터를 실제로 본 것은 이번이 처음이다. 자연계 몬스터보다는 약한 힘이지만 인간을 초월한 힘인 것은 분명하다.

회오리가 목표를 정했는지 나를 향해 다가오기 시작했다.

사방에서 날아드는 회오리를 피할 곳은 하늘뿐이었다.

하지만 하늘을 나는 모습을 보여주고 싶지는 않았다. 그렇다면 피하지 않고 부수면 되는 것이다.

나는 회오리의 핵을 향해 달려들었다. 불길이 타오르는 회오리로 뛰어드는 것이 자살행위라고 누군가는 생각하겠지만 나는 아니다.

회오리의 중심을 향해 주먹을 날렸다. 주먹 안에는 바람의 힘이 잔뜩 담겨 있었고 그 힘은 회오리의 중심을 부수는 데 충분하였다.

하나의 회오리를 부수자 그는 또 다른 회오리를 만들어내 숫자를 유지했다.

이렇게 하다가는 오랜 시간이 걸릴 게 분명했다. 회오리를 공략하려는 마음을 바꾸어 SS급 헌터에게 직접 손을 쓰기로 마음먹었다.

땅의 기운을 끌어 올려 그의 발밑을 공격했다. 은밀하게 그의 발밑에서 생겨나는 땅의 기운들. 하지만 그는 SS급 헌터답게 나의 기운을 감지했고 뒤로 물러서며 피해내었다.

하지만 내가 끌어 올린 땅의 기운은 쉽게 포기하는 성질을 가지고 있지 않았다.

집요하게 그의 발밑을 노리고 달려드는 땅의 기운들.

그의 집중력이 흐트러졌다. 하나의 회오리가 사라지고 나머지 4개의 회오리도 약해지고 있었다. 하지만 이대로 끝날 리는 없다. SS급 헌터와의 싸움이 이렇게 쉽게 끝날 거라고 생각되지는 않았다.

회오리가 2개만을 남기고 모습을 감추었다. 그리고 그의 모습도 사라졌다.

그의 기운이 느껴지는 곳은 하늘이었다.

그는 바람의 힘을 빌려 하늘을 날고 있었다. 비행을 위해서는 많은 힘이 필요한지 2개의 회오리만을 조종하고 있었다.

"치사하게 하늘을 날면 안 되지."

그가 하늘을 난다면 나도 그럴 수밖에. 하늘을 나는 모습을 다른 사람에게 보여주고 싶지는 않았지만 그가 하늘을 난다면 나도 하늘을 나는 수밖에 없었다.

나는 그와의 거리를 좁히며 날아들었다. 그는 갑작스레 다가오는 나에게 바람으로 만든 칼날을 던졌지만 효과적이지는 않았다. 그에게 나를 쫓아낼 방법은 없었다.

그는 하늘에서 내려와 바닥으로 착지했다. 나를 피하기 위해서 바닥으로 내려온 것 같지는 않았다. 마지막 일격을 준비하는 것이었다.

SS급 헌터의 마지막 일격이 만만할 리는 없다. 경기장 주변의 공기가 바뀌었다. 마치 사막지대에 온 것처럼 공기가 후끈해졌다.

"으아아아."

그의 기합 소리와 함께 경기장 사방은 불바다로 변하기 시작했다.

그의 불길을 피할 곳은 경기장 안 어디에도 없었다. 헌터 협회의 사람들과 일본 헌터들은 불길을 피해 경기장 벽 위로 뛰어올랐지만 나는 그럴 수 없었다.

그와의 대결이 끝나지 않았기에 경기장을 벗어날 수 없다.

그의 불길이 나에게 피해를 입히지는 못하지만 옷은 달랐다. 물의 힘을 끌어 올려 옷을 축축하게 만들었다. 이번 전투에서 옷이 타버리면 손해였다.

불길을 뚫고 그에게 공격을 할까 생각도 해봤지만 그의 한계를 보고 싶었다.

그가 얼마나 이 불바다를 유지할지 궁금했다.

상암 월드컵 경기장 안을 태우는 불길이 잠잠해지기까지 걸린 시간은 20분.

이 정도 불길이면 수백 마리의 오크를 떼죽음시킬 수 있는 능력이다.

하지만 정말 그는 모르고 이런 공격을 한 건가? 이런 공격은 약한 몬스터를 대량 학살할 때나 하는 공격이다. 강한 상대에게는 집중된 힘이 필요하다.

불길이 잠잠해지고 그는 헐떡이고 있었다. SS급 헌터라고 해도 능력은 이 정도였다.

자연계 몬스터 한 마리조차 상대하지 못할 정도로 미약한 힘이다.

이 정도의 힘을 가지고 서로를 못 잡아먹어 안달이었다.

옷깃 하나 타지 않고 멀쩡한 나의 모습에 그는 믿지 못하겠다는 눈으로 나를 바라보고 있었다.

"이게 끝인가요? 이정도의 힘이 SS급이라니 조금은 실망스럽네요. 경험이 부족합니다. 마땅한 상대가 없었겠죠."

그는 분명 엘리트 코스를 밟아오며 이 자리까지 왔을 것이다. SS급 각성자로 판별 난 순간부터 그는 국가의 관리를 받아오며 성장했을 것이다. 그런 그에게는 경험이 너무 부족했다.

강대한 기운치고는 허술한 공격밖에 하지 못하고 있었다.

"이제 그만 항복하세요."

그는 고개를 떨구었다. 비웃음은 사라지고 비장함으로 감싸여 있던 그에게 이제는 패배감만이 가득했다.

"경기 끝났습니다."

경기장 외벽에 붙어 있던 사람들이 내려왔다. 고개를 떨구고 있는 그의 모습에서 경기의 승자가 누구인지 어렵지 않게 알 수 있었다.

"한국 헌터 협회, 최종 승리!"

심판의 외침과 함께 헌터 협회 사람들의 환호성이 터져 나왔다.

"이제 그만 가봐도 되겠죠?"

"자네를 위해 연회를 준비해 두었다네. 축배는 들고 가야 되지 않겠나."

"괜찮습니다. 축배는 다음에 마시는 걸로 하겠습니다. 그리고 웬만하면 마을로 찾아오지 말아주세요."

그 말을 마지막으로 나는 상암 월드컵 경기장을 벗어났다.

제4장
보스급 몬스터 사냥

일본 헌터와의 싸움은 좋은 경험이었다. 헌터들의 능력에 대한 정확한 기준을 세울 수 있었다. 헌터 중에 가장 강하다고 하는 SS급 헌터. 하지만 자연계 몬스터에 비해 너무도 약한 능력이었다. 이런 헌터들의 힘으로 몬스터 도어를 부술 수 있을까?

불가능하다.

D급 몬스터 도어를 부수는 데도 막대한 피해를 입어야 할 것이다.

다시 몬스터 범람이 일어난다면 그들만으로 몬스터들을

막아낼 수 있을지 의문이 들었다.

마을이 빠른 속도로 개발되어 가는 만큼 몬스터 도어의 숫자도 줄어들고 있었다.

대구 지역에 남아 있는 D급 몬스터 도어는 더는 없었고 이제는 C급 몬스터 도어의 차례였다. 미궁의 주인도 단지 C급 몬스터 도어의 보스일 뿐이었다.

모두 잠이 든 시간, 나는 움직였다.

밤은 나의 힘을 강하게 해준다. 보스급 몬스터를 상대하기 위해서는 최고의 상태로 전투에 임해야 한다. 몬스터 월드로 텔레포트를 하고 들어가자 그곳도 어김없이 어둠이 짙게 깔려 있었다. 어둠에 앞이 보이지 않았지만 기운을 감지하는 능력으로 머릿속에 사물의 모양과 위치가 뚜렷하게 떠올랐다. 오히려 낮보다 더욱 가시거리가 넓어졌다.

나침반이 가리키는 방향은 북쪽.

바람의 결을 타고 북쪽으로 빠른 속도로 이동했다. 한 걸음 갈 때마다 날씨가 점점 추워지고 있었다. 얼음의 대지. 모든 것이 얼어 있었다. 다큐멘터리에서 보았던 북극의 모습과 크게 다르지 않았다. 얼음의 대지 중심부에 뾰족하게 서 있는 얼음성.

그곳이 보스급 몬스터의 안식처로 보였다.

들어가는 입구는 어디지?

아무리 둘러봐도 얼음성의 입구는 보이지 않았다.

입구가 보이지 않는다면 만들어야 한다.

얼음을 조각하는 조각가처럼 얼음성의 벽면을 두드렸다.

얼음의 강도라고는 믿기지 않을 정도의 딱딱함이 주먹을 통해 느껴졌고 나는 검을 꺼내 들었다. 조각가에게는 걸맞은 도구가 필요한 법. 지금 나에게 도구는 검이었다.

몸이 들어갈 정도의 구멍이면 충분하다. 검에 불의 기운을 집어넣어 작업을 더욱 용이하게 만들었다.

쿵쿵쿵.

검으로 절구질을 해야만 했다. 정으로 돌을 깨듯이 일정한 거리를 유지하고 홈을 만들어내었다. 이제 그 사각형의 중심에 힘을 가하기만 하면 된다.

얼음이 갈라지는 소리와 함께 빙성으로 들어가는 입구가 만들어졌다.

캬아아악

입구로 들어서자 나를 반기는 것은 하얀 박쥐 같은 몬스터들이었다.

일반 박쥐보다 약간 큰 정도였지만 수백 마리의 박쥐의 모습은 장관이었다.

그들의 이빨은 날카롭게 갈려 있었고 움직임은 빨랐다.

한 마리씩 사냥하기에는 시간이 아까웠기에 바람의 기운

을 끌어 올려 거대한 바람막을 만들었다. 파리채의 용도로 쓰기 위해서이다. 파리라고 부르기에는 거대한 박쥐들이었지만 내가 만든 파리채는 그들을 잡기에 충분한 크기를 가지고 있었다.

캬아악.

한 번 휘두를 때마다 수십 마리의 박쥐들이 벽에 으깨지며 비명을 질러대었다.

파리채의 효과에 만족하며 보스급 몬스터의 기운이 느껴지는 빙궁의 중심으로 걸어갔다.

태어나서 처음 맞아보는 강추위에 옷마저도 견디지 못하고 부서졌다.

최대한 불의 기운을 몸에 두르고 있긴 했지만 부족했다. 냉기가 몸 안으로 침투해 들어오고 있었다. 빙궁의 중심으로 들어서자 여러 개의 동굴이 보였다.

동굴은 예티의 집이었다. 수십 마리의 예티가 하얀 털을 날리며 동굴에서 튀어나와 나를 위협했다. 예티의 털이 따뜻해 보일 정도로 온몸이 추위에 떨려왔다.

지금은 따듯한 무언가가 필요하다. 그 무언가가 예티의 피와 털이라는 것을 깨닫는 데 오랜 시간이 필요하지 않았다. 한 마리의 예티를 죽이며 그의 피를 덮어쓰자 잠시나마 따듯함이 느껴졌다. 하지만 예티의 피조차도 금방 차갑게 얼어버렸다. 어서 다른 예티에게서 따듯함을 찾아야 했다. 오른쪽에 한 마리의 예티가 얼음 몽둥이를 들고 나를 보고 있다. 그에게로 뛰어갔다. 나는 그가 휘두르는 몽둥이를 그대로 몸으로 받아주었다. 대신 그의 몸에서 피를 뿜어내게 만들었다. 잠시의 따듯함이 느껴지고 나면 몸은 더욱 차가워진다. 몸이 차가워지는 것이 싫었다. 어서 다른 예티가 필요했다.

마지막 남은 예티의 피를 빨았다. 피를 덮어쓰는 것만으로 따듯해지지 못한다는 것을 알았기 때문이다. 따듯한 예티의 피가 온몸으로 흡수된다. 팔을 떨게 하는 추위가 조금은 약해졌다. 하지만 아직 추웠다. 예티의 가죽을 대충 벗겨내었다. 아직 예티의 살점이 붙어 있었지만 추운 것보다 예티의 살점을 느끼며 따듯함을 느끼는 게 나았다.

유독 냉기 관련 몬스터를 상대해 본 적이 없었기에 추위에 약했다.

불의 기운을 아무리 끌어 올려보아도 냉기는 쉽게 이겨내지 못했다.

하지만 예티의 피를 흡수하며 냉기 면역력이 약간은 올라갔고 예티의 가죽이 냉기를 막아주자 몸이 떨리는 것이 진정되었다.

몸이 진정되자 이제 주변이 눈에 들어왔다.

앞에 보이는 여러 개의 동굴 중 하나가 보스급 몬스터가 있는 곳으로 나를 안내할 것이다.

어느 동굴이 지름길일까? 시험을 볼 때 모르는 문제가 나오면 나는 항상 틀렸다.

찍기를 성공해 본 기억이 없었다. 항상 내가 찍은 답은 정답이 아니었고 모르는 문제를 틀린다는 것이 나에게는 당연한 사실이었다.

그런 나에게 지금 찍기를 강요하고 있었다. 수십 개의 동굴. 4개의 보기도 아니었다. 수십 개의 보기에서 정답을 찾는 것은 어렵다. 특히 나에게는.

가장 중앙에 보이는 동굴로 들어갔다. 꼬불꼬불한 길이 계속 이어졌다.

앞으로 가던 어느 순간 보스급 몬스터의 기운이 멀어지고 있는 것이 느껴졌다. 역시나 길이 틀린 것이었다.

나는 길을 되돌아 다시금 문제가 처음 시작하는 곳으로 왔다.

맨 왼쪽에 있는 동굴이 나를 손짓하고 있었다. 이번 선택이 맞기만을 기도하며 동굴로 들어갔다. 30분쯤 걸었을 때 나는 나의 선택이 또 틀렸다는 것을 알았다.

3번째. 4번째. 5번째.

연달아 다섯 번의 선택이 틀렸다. 이런 식으로 하다가는 추위보다는 스트레스에 먼저 죽을 것 같았다. 굳이 길을 따라가야 하는 것일까?

빙궁의 입구를 찾지 못해 만들어 들어온 나였다. 굳이 만들어진 길을 찾을 필요는 없다는 생각이 들었다. 멍청한 놈. 머리가 나빠 몸이 고생했다.

다시 중앙에 위치한 동굴로 들어갔다. 그리고 기운이 멀어지는 순간. 기운이 느껴지는 방향으로 동굴의 외벽을 부수었다. 동굴이 무너지는 것을 방지하지 위해 흙의 기운을 이용해 동굴의 외벽을 지탱하며 다른 입구를 만들었다. 그런 작업을 여러 번 하고 나자 기운이 느껴지는 곳을 찾을 수 있었다. 거대한 수정의 모습을 하고 있는 얼음.

그 안에서 흰색 뱀 한 마리가 똬리를 틀고 있었다. 뱀이라고 하기에는 너무 큰 덩치. 차라리 용이라고 부르는 게 맞을 정도의 몬스터였다.

나의 기운을 그가 느끼지 못하게 해야 한다. 사냥의 기본은 은밀하게 상대가 나를 알지 못하는 사이에 치명상을 입혀야 한다. 그것을 미궁의 몬스터를 사냥하면서 배웠다.

미궁의 입구와 2층에서의 전투, 즉 이자벨을 만나기 전의 사냥이 그러했다.

틈을 노리고 목숨을 취해야 한다. 동면을 취하고 있는 걸까?

뱀의 움직임은 전혀 없었다. 기운을 최대한 숨기고 은신을 펼쳐 얼음으로 다가갔다.

얼음의 두께는 최소 3m. 이 얼음을 흰색 뱀이 눈치채지 못하게 구멍을 뚫어 그에게 다가가야 한다. 얼음을 녹이기 위해서는 불이 필수적이다. 불의 기운을 조심스레 끌어 올려 얼음에 손을 가져다 대었다. 조금씩 녹기 시작하는 얼음. 하지만 작전을 성공할 수 없었다.

흰색 뱀은 나의 예상보다 기감이 뛰어났고 자신을 감싸고 있는 얼음이 녹고 있다는 것을 알아챘는지 감고 있던 눈을 뜨고는 나를 똑바로 쳐다보았다.

불의 기운을 쓰고 있었지만 나는 아직 은신을 풀지 않은 상태였고, 그럼에도 흰색 뱀은 나를 단번에 찾아내었다. 그의 똬리가 풀리기 시작했다. 얼음은 급속도로 작아지고 있었다. 얼음이 부서지거나 녹아내려 작아지는 것이 아니다. 얼음은 뱀의 몸속으로 흡수되고 있었다.

빌딩만 한 얼음이 뱀의 몸속으로 들어가는 데 걸린 시간은 5분 남짓.

얼음을 없애려는 초기의 목적은 달성했지만 뱀이 눈치채지 못하게 다가가는 것은 실패했다.

뱀의 눈이 나를 향했다. 그 차갑고 노란 눈이 나를 쳐다보자 온몸에 소름이 돋았다. 쥐가 뱀의 눈을 바라보면 얻다고 했던가?

지금 내가 쥐의 상태와 비슷했다. 모든 기운을 끌어 올려 뱀의 기운에 대항하고 나서야 소름이 가라앉았다. 이제는 내가 뱀에게 소름을 느끼게 할 차례다.

바람의 결을 타고 빠르게 뱀의 곁으로 다가가 그의 비늘을 향해 검을 찔렀다.

팅.

드래곤의 비늘도 뚫었다는 검이 처음으로 상대를 뚫지 못하고 미끄러졌다.

드래곤의 비늘을 뚫었다는 것이 거짓말은 아닐 것이다. 그렇다면 사용자의 힘이 다르다는 말이다.

내가 자신의 비늘을 친 것이 마음에 들지 않은지 뱀은 꼬리 공격을 시도했다.

육중한 꼬리는 채찍같이 나를 향해 날아왔다. 이 공격을 허용한다면 최소 갈비뼈는 부러질 것이다. 바람의 기운을 극한으로 끌어 올려 몸을 뒤로 날려 꼬리를 피해내었다.

꼬리를 피해내고 뱀을 바라보자 그의 이빨에서 초록색의 빛을 띠는 액체가 반짝거렸다.

독이다. 아나콘다처럼 온몸이 근육으로 되어 있으면서도 독까지 가지고 있는 뱀이었다.

저 독을 견딜 수 있을까? 당해보지 않으면 모르는 일이다.

하지만 알고 싶지 않았다.

그의 독니에 물리고 싶은 마음이 생길 리가 없다.

뱀의 비늘은 꼬리 방향으로 가지런히 정렬되어 있었다. 결을 따라 검을 찔러 넣어야만 비늘을 뚫을 수 있을 것 같았다. 다시금 바람의 기운을 이용해 뱀의 곁으로 다가갔고 이번에는 비늘의 역방향으로 검을 찔러 넣었다.

푸욱.

검이 살을 찌르는 느낌이 났다. 비늘 사이로 뱀의 하얀 액체가 흘러내렸지만 당장 흡수할 수는 없었다. 나를 위협하는 독니와 채찍 같은 꼬리가 나를 노리고 날아들어 왔기 때문이다. 검마저 비늘에서 뺄 시간이 없었다. 검을 놓고는 뒤로 몸을 피해야 했다.

정공법으로 이겨내기는 힘든 상대다. 땅의 기운을 끌어 올려 뱀의 몸을 빨아들였다.

나름 성공적으로 보였다. 절반 정도의 몸이 땅으로 빨려들어 갔다. 이제 압박을 줄 차례였다.

사방으로 가해지는 압박에 뱀은 쇳소리를 내었고 몸을 비틀었다.

뱀이 비트는 힘이 내가 주는 압박보다 강한 힘을 내었다.

땅이 갈라졌고 얼음이 부서져 빙궁을 때렸다. 땅의 힘으로 뱀을 상대하는 것이 무리라는 것을 알았다. 뱀의 피를 흡수하기만 하면 되는 일이다. 하지만 안전하게 피를 흡수할 방법이 마땅치 않았다.

"취이이익!"

뱀은 혀를 이용해 끔찍한 소리를 내어 나의 고막을 괴롭혔다.

뱀의 뱃속으로 들어가면 어떻게 될까?

뱃속으로 들어가 그의 내장을 찢어 피를 흡수할 수 있을까?

몸 안으로 들어가면 나를 공격할 방법이 없을 거라는 생각이 들었다.

하지만 내가 그의 피를 흡수하지 못한다면 나는 그의 한 끼 식사로 전락해 버린다.

해야 되나? 말아야 되나?

나는 생각을 길게 하고 실행하는 성격이 아니다.

그의 아가리를 향해 날아갔다. 그는 맛있는 먹잇감이 저절로 입으로 다가오자 얼른 입을 벌려 나를 환영했다. 뱀의 독니에 물리면 안 된다. 나는 가속도를 내어 뱀의 혀와 독니를 지나 곧장 목구멍으로 직행했다.

미끄러운 점액들이 나를 점점 밑으로 이동시켰다. 어서 내장을 찢고 피를 흡수해야 한다. 하지만 잡을 만한 곳이 보이지 않았다. 선택의 시간이 얼마 남지 않은 것이 느껴졌다.

손에 모든 기운을 끌어 올려 뱀의 내장에 찔러 넣었다.

푸욱.

생각보다 뱀의 내장은 딱딱하지 않았다. 한 손이 내장 안으로 들어간 순간 일사천리였다.

나머지 한 손으로 뱀의 내장을 벌리고는 흘러나오는 피들을 빨아들였다.

냉기를 머금은 뱀답게 차가운 느낌이 몸속을 감돌았다. 마치 물 대신 알코올로 채워진 수영장에서 수영을 하는 느낌이었다.

온몸을 비틀어 발광하는 뱀이었지만 나를 어찌할 수는 없었다. 뱃속에 들어 있는 나를 그가 어떻게 하겠는가? 뱀의 발광은 1시간 가까이 지속되었고 그 시간 동안 계속 뱀의 피를 흡수하고 있었다. 그가 가진 기운이 강대했기에 흡수하는 데 걸리는 시간도 많이 필요했다.

쿵.

뱀의 발광을 멈추고 아가리가 땅으로 떨어졌다.

들어온 방향으로 손으로 포인트를 만들며 올라갔다. 굳게 닫힌 뱀의 아가리를 벌려 다시 빙궁의 모습을 볼 수 있게 되었다.

뱀의 힘을 흡수하자 아무런 추위도 느껴지지 않았다.

빙궁 안이 오히려 쾌적하게 느껴졌다.

"고마워. 덕분에 겨울 걱정은 안 해도 되게 생겼어."

뱀의 몸을 뒤져 검을 회수했다.

뱀이 가지고 있는 마정석을 추출해야 한다는 생각이 들자 고민이 생겼다.

다시금 뱀의 내장으로 들어가 마정석을 꺼내는 게 좋을지 딱딱한 비늘을 갈라 마정석을 꺼낼지 쉽게 선택할 수가 없었다.

하지만 뱀의 아가리로 다시 들어가기는 싫었기에 몇 시간이 걸려 비늘을 해체하고 마정석을 추출했다.

"이렇게 큰 마정석은 처음이야."

나는 내 몸통만 한 마정석을 들고는 몸을 녹이기 위해 마을로 돌아갔다.

제5장
드래고니안

이제 C급 몬스터 도어의 모습을 대구에서 찾아볼 수 없게 되었다.

이제 남은 것은 B급 몬스터 도어.

지금까지 상대했던 보스급 몬스터 도어와는 차원이 다른 몬스터가 나를 기다리고 있을 게 분명했다. 고민을 해보았자 머리만 복잡해진다.

나는 며칠 동안 마을에서 공사 현장을 둘러보며 시간을 보내었지만 B급 몬스터 도어에 대한 걱정으로 일이 손에 잡히지 않았다.

"이자벨. 나 오늘부터 B급 몬스터 도어로 갈 생각이야. 그동안 고생 좀 해줘."

이번에도 그녀에게 마을을 맡기고는 B급 몬스터 도어로 들어갔다.

B급 몬스터 도어에 들어서자 강한 몬스터의 향기가 도착과 동시에 사방에서 풍겨왔다.

미궁 안에서만 보았던 자연계 몬스터들의 기운도 간간히 느껴졌다.

하지만 보스급 몬스터의 기운은 느껴지지 않았다. 나의 기감보다 훨씬 멀리 떨어진 곳에서 그가 살고 있다는 뜻이었다.

리치가 만들어준 나침반을 따라 하루를 걸었다.

바람의 힘을 이용해 걸었기 때문에 차가 이동하는 속도와 비슷한 속도로 이동했지만 아직도 보스급 몬스터의 기운이 감지되지 않았다.

정말 여기에 보스급 몬스터가 있기는 한 걸까? 그런 의문까지 들었다. 몬스터 도어가 열려 있다는 것은 보스급 몬스터가 있다는 말이었지만 나도 모르게 의심이 생겼다.

하루가 지나 허기를 채우기 위해 마을로 돌아가 간단히 식사를 하고 부족한 잠을 채웠다.

그리고 다시 몬스터 도어로 텔레포트해서 걸었다.

수풀을 지나 몇 개의 산을 넘었다. 그래도 여전히 보스급 몬스터의 기운이 느껴지지 않았다.

이곳은 얼마나 큰 곳일까? 이미 부산에서 서울까지 왕복할 거리를 걸은 것 같다.

하루 종일 걷기만 하는 것은 지겨운 일이다. 대화 상대도 없이 쓸쓸하게 걷기만 하는 일은 사람을 감정을 메마르게 만들었다.

"아니, 얼마나 걸어야 도착하는 거야? 무슨 국토 대장정을 하는 것도 아니고. 거기는 자양강장제라도 주지."

볼멘소리를 하고 다시 걸었다. 3일이 지나서야 보스급 몬스터의 기운이 느껴졌다.

보스급 몬스터의 기운을 느끼면 반가울 것이라고 생각했지만 그렇지 않았다.

반가움 대신 두려운 감정이 심장을 파고들었다.

이제 겨우 그의 기운을 감지할 정도로 떨어진 거리였지만 그의 강함을 느낄 수 있었다.

마치 히말라야를 처음 보는 사람의 심정이 이러할까?

마치 거대한 산이 나를 가로막고 있는 기분이었다.

며칠 동안 발을 쉬지 않고 걸어온 나였지만 지금은 걸을 수가 없었다.

그 기운과 가까워지는 것이 두려웠기 때문이다.

철렁.

심장이 떨어지는 느낌을 받았다. 그 기운이 나를 향해 빠르게 다가오고 있었다.

어떻게 하지? 도망을 가야 하는 건가? 목걸이에 손을 가져가려는 순간 기운의 주인공이 나의 눈앞에 도착했다.

"뭐야 인간이었잖아? 오랜만에 이렇게 강한 기운을 느꼈기에 누군가 했네. 나는 새로운 변종 몬스터가 생긴 줄 알았는데 그게 아니었군."

검은 옷과 검은 머리. 온통 검은색으로 도배한 사람이었다.

아니, 사람이라고 하기에는 그의 귀가 비정상적으로 길었다. 귀를 제외하고는 인간에게서 볼 수 없는 완벽한 얼굴을 하고 있는 존재였다. 그의 강한 기운에 몸이 멈춘 건지 완벽한 얼굴에 발이 굳은 건지 모르지만 나는 입조차 열지 못하고 그의 모습을 멍하니 쳐다보았다.

"말을 못 하나? 내 얼굴에 뭐라도 묻은 건가? 뭘 그렇게 멍하니 쳐다보는가."

"아, 죄송합니다. 저는 추용택이라고 합니다."

"네 이름을 물어본 적은 없다. 인간이 이곳까지 찾아오는 것은 오랜만이군. 그런데 인간이긴 한 건가? 이렇게 강한 기운을 가진 인간은 처음 보는군. 그래 이곳에 온 목적이 무엇인가? 다른 인간처럼 마정석을 위해 이곳에 왔는가?"

'나의 목표가 당신이다' 라고는 도저히 말할 수가 없었다. 그 말을 하는 순간 나의 목이 떨어져 굴러다닐 것만 같았다.

"여행 삼아 돌아다니고 있는 중입니다."

"여행? 그리운 단어로군. 나도 한동안은 여행에 미쳐 세상을 돌아다녔었지. 이제는 가보지 않은 곳이 없어 더는 여행을 하지 못하게 되었지만."

이 넓은 몬스터 월드를 다 돌아보는 데 얼마의 시간이 필요할까?

자세히는 알지 모하지만 그가 살아온 시간이 내가 살아온 시간의 수십 배는 될 거라는 걸 짐작할 수 있었다. 그의 존재도 궁금했다. 몬스터로는 보이지 않는 그의 생김세.

물론 인간의 형상을 하고 있는 몬스터도 여럿 있었다. 하지만 그런 몬스터들은 그가 가지고 있는 기운의 백분의 일 아니 천분의 일도 가지고 있지 않았다.

그의 존재가 궁금했다. 너무나 궁금해서 입이 달싹거렸다.

"혹시 엘프이십니까?"

귀가 빼족한 종족은 내 기억 속에 엘프밖에 없었다. 하지만 엘프가 이렇게 강한 기운을 가지고 있었나?

"엘프라니. 엘프 따위와 나를 비교하다니. 죽고 싶은 건가? 나는 드래고니안이다."

드래고니안의 모습에 대해서는 어디에서도 설명되어 있지

않았다.

실제로 드래고안의 본 사람은 아무도 없었기에 그 종족에 대한 이야기는 소문으로만 나돌았다. 드래고니안의 귀도 엘프와 마찬가지로 뾰족했던 건가?

“죄송합니다. 제가 안목이 짧아 미처 알아보지 못했습니다.”

“괜찮다. 인간에게 많은 기대를 하지는 않는다. 그래 여행 삼아 이곳을 돌아다니고 있다고? 그렇다면 꼭 가봐야 할 곳이 있지. 따라오너라.”

그의 말을 거부하고 마을로 돌아가고 싶었지만 내 주위를 감싸는 그의 기운을 밀쳐 내고 도망갈 자신이 없었다. 일단은 그의 뒤를 따라가야 한다. 그리고 그와 친구가 되든 적이 되든 선택을 해야 할 것이다.

“날 수는 있겠지? 그 정도 바람의 기운을 가지고 있다면 충분히 비행이 가능하겠지.”

그는 내 대답을 듣기도 전에 하늘로 뛰어올랐고 그의 등 뒤에서는 날개가 솟아났다.

와이번의 날개와 비슷하지만 훨씬 정교하고 부드러운 날개였다.

도망칠까? 하늘로 뛰어오른 드래고니안과 나의 거리는 꽤나 차이가 났다.

하지만 도망갈 생각을 포기했다. 언젠가는 그와 상대해야 한다. 몬스터 도어를 없애기 위해서는 그와 싸움을 해야만 한다. 지금 도망친다고 해서 다음에 더 좋은 기회가 올 거 같지는 않았기에 그의 뒤를 따라 하늘로 날아올랐다.

그의 뒤를 쫓아 도착한 곳은 나이아가라 폭포를 연상케 하는 폭포수였다.

실제로 나이아가라 폭포를 본 적은 없었지만 지금 내가 보고 있는 폭포보다 더욱 웅장할 거라고 생각되지는 않는다. 수많은 물방울이 떨어지면서 내는 소리들은 소음이라고 하기에는 너무 아름다웠다. 마치 100인의 오케스트라가 있는 공연장에 온 듯한 기분이 들었다.

"어떠냐. 네가 가본 여행지 중에 이처럼 멋있는 곳이 있느냐?"

없다. 지금 내가 보고 있는 광경은 태어나서 처음 보는 그런 웅장함이 느껴졌다.

"없습니다. 이런 곳이 있다고는 생각도 하지 못했습니다."

"그렇겠지. 나도 이곳을 처음 본 순간 너와 같은 기분이었지. 그 후로 이곳에서 100년을 넘게 지내왔지."

한참이나 공중에서 폭포를 구경했다. 아무리 보아도 질리지 않는 장면들이 연출되었다.

자연이 주는 기분 좋은 충격에 한동안 헤어 나오지 못하고 있었다.

“이제 그만 구경하고 차나 한잔하는 게 어떻겠나?”

그는 분명 지성체를 오랜만에 만나는 것이 분명하다. 산 깊숙이 있는 절에서 살고 있는 고승들이 가질 법한 사람에 대한 그리움이 그에게서 느껴졌다.

“알겠습니다. 주신다면 감사히 마시겠습니다.”

그는 폭포수 하나로 날아갔다. 그러고는 폭포수 안으로 몸을 날렸다.

나는 그런 뒤를 쫓아 폭포수 안으로 몸을 던졌고 몸이 흠뻑 젖어버렸다.

“이곳이 내가 살고 있는 곳이다.”

젖은 몸을 털어낼 새도 없이 집을 소개하는 드래고니안의 손짓에 따라 그의 집을 구경했다. 드래고니안이 살기에는 너무도 정갈한 집이었다. 돌로 직접 깎아 만든 것 같은 테이블과 의자들. 고풍스러운 나무로 만든 침대. 생각보다 아기자기한 그의 집에 마음이 나도 모르게 편안해졌다. 왠지 인간스러운 그의 모습에 그가 몬스터나 다른 종족으로 느껴지지 않았다. 편한 옆집 형과 얘기를 나누는 듯한 느낌마저 들었다.

“여기에 앉거라. 내가 차를 끓여 오마.”

나무로 만든 찻잔을 꺼내 테이블로 들고 왔다. 그리고 무슨 재질로 만든지 알 수 없는 주전자에 물을 끓이는 그였다. 그가 차를 끓이는 모습을 구경하며 의자에 앉아 있었다.

몬스터 월드에서 차를 마실 줄은 꿈에서도 상상하지 못했다. 사실 마을에서도 차를 마신 기억은 거의 없었다. 차를 키울 시간에 농작물을 키우는 것이 더 이득이었기에. 차는 정말 가진 사람들이나 먹는 고급 기호 식품이었다.

"자, 마시거라. 이곳에서 나는 아오니아 나뭇잎으로 만든 차다. 첫맛은 조금 쓰지만 마시면 마실수록 단맛이 느껴질 거다. 이 차를 마시면 머리가 맑아지지."

"감사히 마시겠습니다. 차를 마시는 것이 너무 오랜만입니다."

"그래? 왜, 너희가 사는 곳에는 차가 없더냐?"

"그렇지는 않았습니다. 몬스터가 범람하기 전에는 수천 종류의 차가 있었습니다."

"그래 아쉽구나. 여러 종류의 차를 마시고 싶었는데 그러지 못하겠구나."

"제가 다음에 올 때 한번 구해보겠습니다."

밑밥을 깔았다. 집으로 돌아갈 구실을 슬그머니 풀었다.

지금 그와 있는 것이 크게 불편하지는 않았지만 그는 내가 감당하기 어려운 기운을 가지고 있는 존재이다. 언제 마음이 바뀌어 나를 공격할지 몰랐다.

"그래주겠나? 인간의 차를 마셔본 적이 없구나. 무슨 맛이 나는지 궁금하구나.”

“알겠습니다. 제가 최대한 여러 종류의 차를 구해서 방문하겠습니다. 몬스터 범람만 없었다면 정말 수많은 종류의 차를 구할 수 있었겠지만 지금은 몇 종류의 차를 구하는 것도 어렵습니다.”

“몬스터 범람이라. 원치 않은 일이었지. 하지만 어쩔 수 없는 일이기도 했고.”

그는 몬스터 도어를 관장하는 존재이다. 때문에 몬스터 범람에 대해 잘 알고 있었다.

“혹시 몬스터 도어를 닫는 방법에 대해 알고 계십니까?”

은근슬쩍 몬스터 도어 파괴법에 대해서 물었다. 내가 알고 있는 방법은 지금 눈앞에 있는 그를 죽이는 방법밖에 없었다.

“몬스터 도어를 만든 존재가 내가 아니기에 내가 파괴할 수는 없지. 하지만 조절은 할 수 있다네. 지금 이곳에 열린 몬스터 도어에서 몬스터가 나간 적이 있었는가?”

“그런 적은 없습니다. 이곳 말고 다른 곳에서 몬스터 범람이 몇 번 일어났다고는 알고 있었지만 이곳에서 몬스터 범람이 있었다는 얘기는 들어본 적이 없습니다.”

대대적인 몬스터 범람이 있은 후 몇 개의 몬스터 도어에서는 소규모의 몬스터 범람이 있었던 적이 있었다. 수원 지역의 몬스터 도어처럼. 하지만 대구 지역에서는 그런 적이 없었다.

"그렇겠지. 처음 몬스터 범람은 열한 분의 의지로 일어난 일이지만 그 이후의 일들은 몬스터 도어를 관리하는 존재의 의지라네."

몬스터 범람이 몬스터의 의지가 아니라 몬스터 도어를 관리하는 존재의 의지라는 말이 쉽게 이해가 되지 않았다.

"잘 이해가 되지 않습니다."

"음. 자네 정도면 여러 몬스터를 만나보았겠지. 그들의 성향은 모두 다르다네. 난폭한 성향을 가지고 있는 몬스터, 탐욕스러운 몬스터, 그리고 주변의 일을 신경을 쓰지 않는 몬스터. 이처럼 몬스터 도어를 관리하는 존재도 제각각 성향이 다르다네."

나는 지금까지 사냥한 보스급 몬스터들을 생각해 보았다. 미궁의 주인, 땅속에서 잠을 자던 애벌레, 빙궁의 주인까지 모두 한곳에 자리를 잡고 살고 있는 존재들이었다.

"그렇다면 몬스터 도어를 관리하는 존재가 난폭하지 않다면 몬스터 범람이 일어나지 않는 겁니까?"

"그렇다고 볼 수 있지. 갑자기 성향이 바뀌지 않는다면 그들이 몬스터 범람을 일으킬 이유가 없지. 보통의 경우 몬스터 도어를 관리하는 존재들은 그렇다네. 조용하고 움직이기를 싫어하지. 뱃속에 들어 있는 기운들을 녹이는 데에 모든 정신을 집중하는 거지."

그렇다면 지금까지 내가 한 사냥은 단순히 힘을 흡수하는 것 이상의 의미를 찾아볼 수 없었다. 나는 마을 사람들의 안전을 위해 대구 지역에 있는 몬스터 도어를 파괴했고 그것에 보람을 느꼈다. 하지만 그런 행동이 가만히 쉬고 있는 존재를 괴롭힌 것이라니.

"성격이 난폭한 존재와 그렇지 않은 존재를 알 수 있는 방법이 있습니까?"

"그런 방법? 자네 정도 능력이 있는 사람이라면 물어보지 않아도 충분히 느낄 수 있지 않은가? 흉악한 성향을 가진 존재라면 그 기운에서 흉폭함을 느낄 수 있지."

"그렇군요. 감사합니다. 혹시 다른 몬스터 도어에 있는 존재들에 대해서도 잘 알고 계십니까?"

몬스터 월드 곳곳을 여행했다는 드래고니안이었다. 그라면 충분히 알고 있을 것 같았다.

"알고 있는 존재들도 있고 그렇지 않은 존재들도 있지. 나도 내가 알지 못하는 존재들을 방문해 보고 싶지만 지금은 그럴 수가 없다네. 몬스터 도어를 제대로 관리하지 못하면 또 몬스터들이 인간 세계에 관심을 가지게 되겠지."

"특별히 흉폭한 성향을 가진 존재가 있습니까?"

"지금 자네가 있는 나라에 어떤 몬스터 도어가 열려 있는지에 대해서는 잘 모르지만 몇몇 존재들은 내가 감당하기 힘들 정도로 고약한 성미를 가지고 있지. 그들을 만난다면 그냥 도망치게나."

"어떤 존재들입니까?"

"나의 형제들이지. 몬스터 도어를 관리하는 존재들로 드래고니안이 가장 많이 뽑혔지. 나를 제외한 다른 드래고니안들은 공격적인 성향을 가지고 있다네. 특히 머리가 빨란 드래고니안을 만난다면 뒤도 돌아보지 말고 도망치게나."

하루 반나절 동안 계속되었던 드래고니안의 티타임은 다음 날이 되어서야 끝이 났다.

여러 가지 질문을 하긴 했지만 대화 상대에 굶주린 그의 수다가 대화의 대부분이었다.

수다쟁이 드래고니안이라니. 잘 어울리지 않는 단어였지만 사실이다.

귀에 딱지가 생긴 느낌을 받고서야 나는 다시 마을로 돌아올 수 있었다.

* * *

마을로 돌아와서야 긴장감이 몸을 덮쳤다. 식은땀과 소름이 동시에 느껴졌다.

드래고니안의 기운은 내가 감당하기에는 너무 강한 기운

이었다.

지금까지 상대해 온 모든 몬스터를 합쳐도 그보다 강하지 않을 것 같았다.

머릿속에는 드래고니안에 대한 생각으로 가득 찼고 그 생각의 대부분이 두려움이었다.

그 두려움을 떨쳐 내기 위해서는 계획을 세워야 한다. 계획을 같이 생각할 존재가 내 주위에 있다. 마을로 돌아온 나를 가장 먼저 반기는 고양이 한 마리.

“이자벨, 드래고니안에 대해서 알고 있어? 오늘 드래고니안을 만나고 왔어.”

이자벨은 처음으로 마을에서 본래의 모습으로 돌아왔다. 드래고니안이라는 존재가 그녀를 고양이의 모습으로 있지 못하게 했다.

“드래고니안을 만나셨습니까? 살아 돌아오신 것이 기적입니다. 그들의 잔인한 성정은 몬스터 월드에 살고 있는 존재들 중에 모르는 이가 아무도 없습니다. 그들을 만나면 최대한 도망쳐야 합니다. 도망을 친다고 해서 살아날 가능성은 희박하지만 그들과 싸우는 것은 자살행위일 뿐입니다.”

나를 주인으로 생각한 이후부터 이자벨은 꼭 필요한 상황이 아니라면 말을 아꼈다. 하지만 오늘은 그녀의 입이 바삐 움직였다.

"그래도 오늘 만난 드래고니안은 잔인하지 않았어. 친절하기까지 했어."

"안심하시면 안 됩니다. 드래고니안의 기본 성격에는 잔인함과 흉폭함이 깔려 있습니다. 갑자기 주인님을 공격할지 모릅니다."

"내가 드래고니안을 이기려면 얼마나 많은 몬스터의 힘을 흡수해야 할까?"

그녀는 나의 질문에 고민도 하지 않고 곧바로 대답했다.

"불가능합니다. 드래고니안의 힘을 흡수하지 않는 이상 드래고니안을 이길 수 없습니다. 그들의 몸속에는 드래곤의 피가 흐르고 있습니다. 큰 의미로 보면 그들도 드래곤과 다를 바가 없습니다. 물론 드래곤보다는 약한 존재들이지만 인간 형태의 전투는 오히려 그들이 더욱 강하다고 할 수도 있습니다."

드래고니안을 실제로 보았기 때문에 그녀의 말을 이해할 수가 있었다.

하지만 이대로 포기할 수는 없었다.

드래고니안이 강하다면 나 스스로가 그와 대적할 수 있을 정도로 강해지면 된다.

그것이 불가능하다면 나는 더 이상 강해지는 것을 포기해야 한다. 물론 다른 몬스터들을 흡수해서 힘을 기를 수는 있지만 지금과 같이 빠르게 성장하는 것을 기대할 수는 없다.

꼭 그와 싸워야 하는 것일까? 그의 힘이 무서워서가 아니다. 그는 지금까지 내가 만난 몬스터 중에서 가장 자비로운 축에 속했다. 그와 타협을 할 수 있지는 않을까?

그가 무엇을 원하는지는 모르지만 그와 협상을 시도하고 싶었다.

그라면 내가 강해지는 방법에 대해 알고 있을지도 모른다. 아니, 분명 알고 있을 것이다.

이대로 그냥 약한 몬스터를 사냥하고 마정석을 모아 돈을 버는 것도 나쁘지는 않다. 돈을 목적으로 편안히 마을 사람들과 사는 것을 목적으로 해도 문제될 건 없다.

하지만 다시 한 번 대대적인 몬스터 범람이 시작된다면 나는 또 무기력하게 주위 사람들이 죽는 것을 지켜봐야만 한다.

지금 내가 가진 힘으로도 누구보다 많은 몬스터를 사냥할 수 있지만 그것이 전부다. 단지 많은 몬스터를 사냥한다고 해서 주위 사람들을 지켜낼 수는 없다. 만약 악독한 심성을 가진 드래고니안이라도 세상에 출몰한다면 나는 막아내지 못한다. 지구를 구해내는 슈퍼 히어로가 되고 싶지는 않았지만 주변 사람들을 지켜내기 위해서는 그에 필적하는 힘이 필요하다. 지금은 그런 세상이다.

"대적할 몬스터가 없을 정도로 강한 드래고니안이라면 나를 강하게 해줄 수도 있겠지."

"주인님. 너무 위험한 생각이십니다."

이자벨의 만류는 이제 통하지 않는다. 이미 결심이 섰다. 드래고니안과 지금 당장 대적을 할 수 없다면 최대한 그의 도움을 받아야 한다.

그것만이 내가 성장할 수 있는 방법이다.

'일단은 그가 좋아하는 차를 구해야겠지.'

우리나라에서 나는 차들의 종류만 해도 여러 가지다. 빌딩 한 개마다 커피 전문점이 있던 시절이 있었다. 모든 빌딩의 1층에는 커피 전문점이 손님들을 기다리고 있었고 길을 지나가는 사람들의 손 위에는 커피 잔이 들려 있었다.

하지만 지금은 커피를 마시는 사람을 찾아볼 수가 없다. 커피를 마시는 것은 둘째 치고 식사를 제대로 하는 사람들도 얼마 없다.

하지만 힘과 권력이 있는 사람들은 차를 찾았다. 그들에게서 차를 마시는 행위는 따듯한 커피 한 잔의 여유를 느끼게 하기 위해서라기보다는 남들보다 뛰어나다는 것을 느끼게 해주는 자기만족이다. 그런 사람들의 요구를 충족시키기 위해 소수의 상인들이 바쁘게 뛰어 다녔다. 그리고 한국에서 그런 상인들이 모여 있는 곳이 있다.

돈이 될 만한 것들은 모두 취급하는 상인들은 자신들의 안전을 책임져 줄 장소가 필요했고 그런 장소를 제공하는 것은 헌터 협회였다.

헌터 협회를 위협할 단체는 한국에서 없었기에 그들은 많은 상납금을 내고 헌터 협회에 몸을 의탁했다.

전국 상인 연합이 직접 운영하는 한국 마켓은 폐쇄적이었다.

일반 사람들은 접근조차 쉽지 않은 곳을 입장하기 위해서는 헌터 협회의 보증이 필요했고 그 보증을 받은 사람의 수는 많지 않았다. 권력을 가지고 있거나 많은 돈을 가지고 있는 사람들만이 입장이 가능했고 A급의 헌터라고 해도 입장이 쉽지 않은 곳이었다.

그곳에서 블랙 컨슈머는 있을 수가 없다. 한번 진상 손님으로 찍히면 헌터 협회의 보증이 있어도 입장이 불가능하다. 물건은 한정적이고 원하는 사람은 많기에 생긴 일이다.

'손님은 왕이다' 라는 인식이 그들에게는 없다. '오히려 판매자가 왕이다' 라는 생각을 하고 있는 그들이었다. 헌터 협회에 많은 상납금을 내어 안전을 보장받는 그들이었지만 거기에서 멈추지 않고 독자적으로 헌터를 고용했다. 현재 우리나라에서 가장 많은 돈이 오가는 곳이었기에 그들이 버는 수익은 헌터 협회가 벌어들이는 수익보다는 적었지만 다른 어떤 단체가 벌어들이는 수익보다는 많았다.

헌터 협회에서 인정받은 권력자? 재력가?

그들이라고 해도 상인 협회의 재력보다 뛰어난 사람은 몇 되지 않았다.

그들은 물건을 구하기 위해 엄청난 자본을 투자했고 세계 여행이 불가능해진 지금의 상황에서도 물건을 구하기 위해 실크로드를 개척하는 사람들이었다.

그런 그들이 운영하는 한국 마켓이기에 내가 원하는 여러 종류의 차가 그곳에 있을 것이다.

다음 날이 돼서 나는 헌터 협회로 텔레포트를 했다. 헌터 협회의 인증이 필요했기 때문이다. 이른 아침부터 헌터 협회의 문을 두드렸고 조용한 아침의 일상을 지내고 있던 그들은 비상사태에 빠져 버렸다.

"아침부터 이렇게 다 찾아오고……. 무슨 일이 있는 건가?"

일본과의 전투에서 승리를 따내어 준 나였기에 협회장은 진심으로 나를 반가워하는 듯했다. 그전에 우리 사이에 있었던 일들은 잊어버리기라도 한 걸까.

"한국 마켓에 들어갈 인증이 필요합니다."

나에게 호감을 보이는 협회장에게 곧장 본론을 꺼내었다.

그가 나에게 호감을 표시하고 있기는 하지만 내가 그에게 호감을 가지고 있지는 않았다.

단지 대한민국 헌터 협회의 유지를 위해 그를 살려두었을 뿐이다.

"한국 마켓? 당연히 만들어주어야지. 원하는 물건이 있으면 말만 하게나. 내가 알고 있는 상인들이 여럿 있다네."

"차가 필요합니다. 여러 종류의 차면 더욱 좋습니다."

"차? 커피 같은 차를 말하는 것인가?"

내가 원하는 것이 협회장의 생각과는 전혀 동떨어진 것이었기에 그는 조금 당황스러워하다가 금세 고개를 끄덕였다.

"자네 정도 되는 헌터라면 차를 즐길 자격이 충분하지. 그렇고말고. 내가 상인들에게 미리 연락을 취해놓겠네. 한국 마켓에 도착하면 미리 상인들이 대기하고 있을 거야."

도도한 상인 협회라고 해도 헌터 협회장을 무시할 정도로 간이 큰 조직은 아니었다.

헌터 협회의 인증을 받고 한국 마켓으로 들어서자 협회장의 말처럼 이미 나를 기다리고 있는 상인들의 모습을 찾아볼 수 있었다.

그들은 상인 특유의 미소를 지으며 다가왔다.

"안녕하십니까. 말씀은 들어 익히 알고 있습니다. 차를 원하신다고 해서 저희가 보유하고 있는 차들의 목록을 만들어 봤습니다."

내가 아는 상인들의 모습이 아니었다. 그들은 도도하고 차가웠다. 아무리 협회장의 말이 있다고 해서 나에게 이렇게 친절한 모습을 보일 그들이 아니었다. 과한 친절이라면 이유가 있을 것이고 그 이유를 어렵지 않게 유추해 낼 수 있었다.

나의 힘이 필요한 거겠지.

상인 협회는 많은 수의 헌터를 보유하고 있기는 했지만 부족했다. 언제나 돈을 만지는 사람들은 불안함에 떨어야 했고 그들은 광적으로 강한 헌터를 가지고 싶어 했다.

그들의 눈빛에서 노골적으로 나를 가지고 싶어 하는 마음이 읽어졌다.

'나를 너무 쉬운 남자로 보는군.'

그들의 욕망을 채워주고 싶은 마음이 없었기에 다른 말을 하지 않고 그들이 만들어온 목록을 훑어보았다. 대략 50종류의 차들이 목록 안에 있었다.

"여기 적혀 있는 모든 차들을 주십시오. 각 한 통의 차 정도면 충분합니다."

"아실지 모르시겠지만 지금 찻값이 금값입니다. 50종류의 차 안에는 귀한 산삼으로 만든 차도 있고 구하기 힘든 약재로 만든 차들도 여럿 있습니다."

"알고 있습니다. 찻값이 비싸다는 것은 충분히 들어 알고 있으니 걱정하지 마시고 가지고 와주세요."

"금방 가지고 오겠습니다. 그전에 여기 계산서입니다."

그는 자리에서 계산서를 작성해 나에게 내밀었다. 계산서 안에 적혀 있는 금액은 내가 상상하는 그 이상이었다. 마을을 재건설하기 위해 들인 금액과 비슷한 액수가 적혀 있었다.

드래고니안의 입을 호강시키기 위해 이렇게 많은 돈을 써야 하는 걸까?

생각이 거기까지 미치자 돈이 아까웠지만 드래고니안의 도움을 받기 위해서는 이 정도 지출은 감수해야 했다.

"결제는 어떤 방식으로 하시겠습니까?"

"어떤 방식이 있습니까?"

"현금 결제도 있고 신용 결제도 있습니다."

지금 들고 온 현금으로는 모든 찻값을 지불하기에는 부족했기에 마을로 다시 다녀올 생각까지 하고 있던 차에 신용 결제란 단어가 나의 관심을 끌었다.

"신용 결제는 어떤 방식으로 돈을 지불하게 되는 겁니까?"

"말 그대로 신용 결제입니다. 간단한 계약서 한 장만 적으시면 됩니다. 계약서 안에는 지불 기간과 이자가 적혀 있습니다. 직접 확인하는 것이 빠르겠지요."

그는 나에게 계약서 한 장을 들이밀었고 그 계약서 안에는 한 달이라는 기간과 약간이라고 하기에는 고리인 이자가 적혀 있었다. 무려 20%의 이자. 고리대금업자나 다름없는 그들이었다. 그리고 계약서 맨 밑에 적혀 있는 조항은 터무니없었다.

돈을 갚지 못할 경우 을은 갑이 요구하는 모든 조건을 받아들여야 한다.

그 조건이 무엇일지 뻔했다. 나를 자신들의 경호원으로 쓰려는 거겠지.

그래도 마을로 돌아가기에는 텔레포트의 횟수가 아까웠기에 계약서에 사인을 했다.

"지불은 제가 아니라 대리인이 해도 되는 거겠죠?"

"그렇습니다. 돈만 제때 들어온다면 누가 들고 오든 상관없습니다."

지부장에게 마정석을 주며 대금 결제를 시킬 생각이었다. 그가 나의 부탁을 거절할 리가 없었다. 갑은 나였고 을은 지부장이니까.

차를 받아 들고는 마을로 돌아왔고 다음 날 바로 지부장에게 마정석을 주며 대금 결제를 부탁했다. 그는 예상대로 나의 부탁을 거절하지 못했고 알겠다는 대답을 하였다.

지부장의 씁쓸한 얼굴을 보고 난 후 나는 차를 보따리에 싸고 드래고니안이 있는 폭포로 텔레포트를 했다.

한껏 보따리를 싸고 찾아온 나를 반기는 드래고니안이었다. 그는 역시 사람에 굶주려 있었다. 갑작스레 나타난 나를 너무도 반갑게 맞이하는 그의 모습에서 애정 결핍이 느껴졌다.

"뒤에 들고 온 것은 무엇인가?"

"차를 좋아하신다고 해서 차를 구해 왔습니다."

보따리를 풀어 차를 보여주었다.

그로서는 예상도 하지 못한 상황이었다.

내가 차를 가지고 온다는 말을 빈말으로 생각했던 그였기에 눈앞에 펼쳐진 차들의 향연에 정신을 차리지 못하고 있었다.

"어서 들고 따라오게나."

그는 새로운 차들을 마시고 싶은 마음이 강했기에 두말도 하지 않고 자신의 보금자리로 이동했고 나는 얼른 보따리를 다시 메고는 그의 뒤를 쫓아 보금자리도 들어갔다.

"이것은 향이 아주 달콤한데 맛은 아주 쓰군."

커피를 한입 가득 머금은 그는 향과 다른 맛을 내는 커피를 음미하고 있었다.

원액에 가까운 커피를 아무런 첨가물도 넣지 않고 마시는 그에게 설탕과 커피를 꺼내 보여주었다.

"그냥 마시면 쓴맛이 강합니다. 설탕과 우유를 살짝 넣으면 그 맛이 더욱 좋아집니다."

그는 내 말이 끝나기를 기다리지도 않고 설탕을 커피 안으로 들이부었고 우유도 커피만큼의 양을 들이부었다.

"오, 맛이 아주 훌륭해졌어."

차를 좋아한다고 하는 그였지만 오히려 단것을 더 좋아하는 것처럼 보였다.

지금 그가 마시고 있는 차는 커피라고 하기보다는 설탕물에 가까웠다.

괜히 비싼 돈을 들여 여러 종류의 차를 구해 왔다는 생각이 강하게 들었다.

그의 입맛은 차를 좋아하는 고승이 아니라 초등학생의 입맛에 가까웠다.

과정이 어찌 되었든 그의 호감도가 매우 높아졌고 다음은 차가 아니라 설탕이나 시럽을 준비해 오는 것이 좋겠다는 생각이 들었다.

* * *

"이렇게 귀한 것들을 매번 가지고 오다니 고맙군."

"아닙니다. 다 제가 원해서 하는 일인데요. 신경 쓰지 마세요."

그의 호감도를 끌어 올리기 위해 벌써 5번이나 선물을 바쳤다. 하지만 돈이 그렇게 많이 들지는 않았다. 처음 차를 구하기 위해 사용한 돈의 절반도 필요하지 않았다.

내가 구해준 것들은 차가 아니라 단 음식들이었다. 설탕 범벅의 사탕과 시럽들.

그는 차를 애호하는 존재가 아니라 단것을 광적으로 좋아하는 초등학생 입맛의 소유자였다. 지금도 그는 눈알만 한 사탕 하나를 입안에 넣고는 쪽쪽 빨아먹고 있었다.

어찌나 단것을 좋아하는지 사탕은 금방 녹아 없어져 버렸고 아쉬워하는 그에게 다른 사탕 하나를 내밀어 주었고 그는 행복한 표정을 지으며 사탕 하나를 입안으로 집어넣었다.

"그래, 이렇게 받기만 할 수는 없지. 자네가 원하는 것이 있으면 내가 도와주도록 하지."

내가 가장 듣고 싶어 하는 말이 그의 입에서 나왔다.

이 순간을 위해서 오크와 오우거를 학살하며 얻은 마정석을 한국 마켓에 갖다 바쳤다.

그들은 나를 단것을 광적으로 좋아하는 사람이라고 생각했던지 새로 구한 사탕이나 시럽이 있으면 가장 먼저 나에게 연락을 취할 정도였다.

"도움을 바라고 한 일은 아니지만 혹시 제가 강해질 방법에 대해서 알고 계신가요?"

최대한 공손하게, 최대한 티가 나지 않게.

물이 강을 흐르듯이 부드럽게 내가 그에게 접근한 이유가 이것이라는 것을 알지 못하게 말했다.

"강해지는 것? 그것이 궁금한 건가? 어렵지 않은 일이지. 가장 좋은 방법은 역시 꾸준한 사냥이지. 지금 밖에 나가서 수백 마리의 몬스터를 사냥하면 어제보다 강해진 자신의 모습을 느낄 수 있을 것이다. 하지만 그것도 한계가 있는 법이긴 하지. 자네는 지금 그 한계에 가까이 있는 것 같고."

"저도 알고 있습니다. 매번 같은 몬스터를 사냥하는 일이 더는 저의 기운을 강하게 해주지 못한다는 것을 느끼고 있습니다."

"그렇겠지. 몸속의 기운이 날뛰고 있는 것을 제대로 제어도 하지 못하는 상황에서 무분별한 사냥은 도움이 되지 않지."

내가 기운을 제대로 제어하지 못하고 있었던가? 한 번도 그런 생각을 해본적은 없었다.

원하는 일을 필요한 기운을 사용하여 실행했었다. 한국에 있는 어떤 헌터들보다 기운을 자유자재로 다룬다고 자부하는 나였다.

"제가 기운을 제대로 다루지 못하고 있는 겁니까?"

"그렇지. 자네는 지금 기운을 다룬다고 하기보다는 기운에 끌려다닌다고 할 수 있지. 지금도 기운을 숨기기 위해 몸 안에 기운을 가두고 있지만 내 눈에는 기운들이 넘실넘실 넘쳐

나는 것이 보인다네."

"그렇다면 기운을 잘 다루기 위해서는 어떤 수련이 필요합니까?"

"내 특별히 자네에게 수련법을 알려주지."

그는 그 말을 하면서 테이블 위에 있는 사탕을 만지작거렸다.

눈치라면 이미 리치와 드래곤을 상대하면서 터득했다. 그가 원하는 것이 무엇인지 단번에 알아챘다.

"새로운 사탕이 다음 주가 되면 도착합니다. 그리고 설탕과 커피도 이미 주문을 마쳤습니다."

"내가 언제 그런 것들을 원한다고 했나? 나는 단지 자네가 마음에 들어 가르쳐 주는 것일 뿐이네."

나의 말에 얼굴에 좋아하는 표정을 숨기지 못하는 그다. 만약 사탕과 차를 가지고 오지 않는다면 그가 나를 이곳에 발도 붙이지 못하게 할 거라는 것이 느껴졌다. 그래도 그에게 따지고 들 수는 없었다. 최대한 유들유들하게 그를 상대해야 한다.

"알고 있습니다. 드래고니안님의 온화한 성정을 잘 알고 있습니다."

"아직 내 이름도 모르고 있었군. 루카라스라고 부르게나. 긴 이름을 전부 알려줄 필요는 없겠지."

드디어 그의 이름을 알아내었다. 이름을 듣기 이렇게 까다로운 존재는 처음이었다.

드래곤조차 만난 지 얼마 되지 않아 이름을 알려주었다. 그는 무심한 건지 아니면 이름값이 비싼 건지 오늘에서야 이름을 알려주었다.

"네, 감사합니다. 루카라스 님."

"그래 그렇게 부르면 된다네. 나의 이름이 불리는 것도 오랜만이군. 그래 어디까지 얘기했었지?"

확실히 대화에 굶주려 있다는 것이 느껴졌다. 말동무가 필요한 그였고 나는 그에게 말동무와 주전부리를 제공하고 강해지는 법을 배우면 된다.

"기운을 다루는 수련법을 알려주신다고 했습니다."

"아, 그랬지. 드래고니안은 전투 종족이라네. 전투 종족이기에 다른 수련법이 있지는 않았지. 하지만 더욱 강해지고 싶은 욕망이 강한 드래고니안들이 특수한 수련법을 만들어내었지. 그분들 중 한 분이 나의 아버님이지."

서론이 너무 길었지만 참고 들어야 했다. 어서 수련법에 관한 얘기가 나오기만을 기다리며 지루한 그의 얘기를 들었다.

"수련법은 기운을 억제하고 신체의 극한을 끌어 올리는 것부터 시작되네. 물이 담길 그릇을 제대로 만들어야지 물이 넘치지 않는 법이지. 자네의 그릇은 가지고 있는 기운에 비해 형편없다고 볼 수 있네. 자네는 자연계 몬스터들이 왜 움직이지 않고 한곳에서 시간을 보내는지 아는가?"

자연계 몬스터를 몇 번이나 만나보았다. 그들은 자신의 영역을 벗어나는 일이 없었다. 영역뿐만 아니라 한 자리에서 움직이는 일조차 없는 그들이었다.

"제가 예상하기로는 움직일 이유가 없어서 그런 것이지 않습니까? 자신을 위협할 존재가 없기에 여유롭게 한곳에서 시간을 보내는 것이 아니겠습니까?"

"너무 일차원적인 생각이군. 아무리 강한 자연계 몬스터라고 해도 천적은 있다네. 몸 안에 강한 기운을 가지고 있는 자연계 몬스터들을 상위 포식자들이 가만히 둘 것 같은가? 자연계 몬스터들은 상위 포식자에게는 좋은 먹잇감이네. 영양소가 풍부한 최고의 식단이지."

"그렇다면 왜 자연계 몬스터들이 한곳에서 머무르는 것입니까?"

"그것은 그릇을 만들기 위함이지. 자신들의 몸 안에 있는 기운을 다룰 정도의 그릇이 완성되지 않았기에 위험을 무릅쓰고 움직이지 않고 몸을 만드는 작업을 하는 거지."

자연계 몬스터들에게 그런 사연이 있다고는 생각하지 않았지만 루카라스의 말을 들으니 그런 것 같기도 하였다.

"자연계 몬스터들이 기운을 감당할 몸을 만드는 데 짧게는

100년, 길게는 수백 년의 시간이 필요하다네. 그래야만 기운을 제대로 사용할 수 있게 되는 거지. 하지만 자연계 몬스터를 노리는 포식자들이 많기에 그들이 제대로 기운을 사용하기 전에 기운을 갈취당하지."

나도 자연계 몬스터의 기운을 뺏은 경력이 있기에 그의 말에 공감이 갔다.

분명 그들은 강하기는 하지만 어딘가 어색한 움직임이 있었다. 그랬기에 내가 어렵지 않게 그들을 사냥할 수 있었던 것이다.

"드래고니안은 태어나면서부터 강한 기운을 가지고 있다. 그 기운을 제대로 사용하기 위해 어렸을 때부터 사냥에 나서지. 기운을 완전히 장악하지 못한 어린 드래고니안이라도 그들을 이길 몬스터는 몇 되지 않지. 하지만 모든 어린 드래고니안들이 전투에서 살아남는 것이 아니지. 어린 드래고니안의 죽음을 슬퍼하던 원로들이 이 수련법을 만들어내었다."

드디어 본론이다. 앞의 얘기들은 듣지 않았어도 충분한 내용들이다. 지금 그의 입에서 나올 말이 핵심이다.

나는 그의 입에 온 정신을 집중했다.

"이 수련법은 그릇을 빠르게 만드는 속성법이라고 보면 된다. 약간의 부작용이 생기기도 했지만 부작용을 상회하는 효과를 보였지. 너도 이 수련법을 해보겠나? 네가 가지고 있는 기운이라면 이 수련법이 매우 효과적일 거다."

무조건 Yes를 외쳐야 한다. 내가 이곳에 온 이유는 그것뿐이다.

"감사합니다. 지금 당장 시작할 준비를 마쳤습니다."

"그래, 이렇게 쉽게 결정할 문제는 아닐 건데. 매우 혹독한 수련이 될 거다."

정체기에 빠진 나를 강하게 해준다는데 아무리 혹독한 수련이라도 참고 견딜 자신이 있었다.

"괜찮습니다. 오히려 혹독한 수련을 원하고 있었습니다."

"그럼 따라오거라."

그는 나를 데리고 폭포수 위로 이동했다. 큰 바위 몇 개가 보일 뿐 다른 무엇도 존재하지 않는 곳이었다. 이곳에서 무슨 수련을 시작하게 될까? 두근거리는 가슴을 진정시키지 못한 채 루카라스에게 집중했다.

"정말 준비가 다 되었다는 말이지? 걱정되는구나. 이 수련은 드래고니안이라고 해도 감당하기 쉽지 않은 수련이다."

말이 길다. 나는 이미 준비를 마쳤는데 그의 말이 길어도 너무 길었다. 그가 드래고니안이라는 것을 잊은 채 약간은 짜증 섞인 말투로 대답했다.

"이미 준비를 마쳤습니다. 어서 수련법을 알려주십시오. 제가 포기하거나 도망가는 일은 절대 없을 겁니다."

"그렇게 말한다면 나도 더는 말리지 않으마. 가까이 다가오거라."

드디어 그의 입이 멈추었다. 나는 그가 다시 입을 열기 전에 얼른 그의 앞으로 다가갔다.

그는 나의 아랫배에 손을 가져다 대었다. 따듯한 무언가가 뱃속을 맴돌았고 답답함이 찾아왔다. 점점 나의 기운들이 느껴지지 않고 있었다. 나의 기운을 없애 버리려는 것일까?

그렇지는 않은 것 같았다. 기운들이 벽에 막혀 움직이지 못할 뿐이었다.

"기운을 억제하는 것부터 시작이다. 그릇을 만드는 작업에 기운은 오히려 방해만 될 뿐이지."

그는 나의 기운을 봉인했다. 헌터가 되고 이렇게 무기력한 기분을 받은 것은 처음이었다.

조금 전까지는 기운을 조금만 끌어 올려도 땅에 큰 구멍이 생겼고 하늘을 날 수 있었다.

하지만 지금은 조금 강한 인간일 뿐이었다. 덜컥 두려움이 생겨났다. 이대로 영원히 기운들이 봉인될 것만 같았다.

"언제쯤이면 봉인이 풀리는 것입니까?"

"네가 그릇이 완성되면 풀리는 것이지. 자, 이제 기운 봉인을 마쳤으니 본격적인 수련을 시작하자."

"알겠습니다. 바로 시작해 주십시오."

한시라도 빨리 수련을 마치고 다시 기운을 느끼고 싶었다. 그를 재촉해서라도 수련을 하고 싶은 마음뿐이었다. 하지만 이 감정은 수련을 시작하고 5분이 지나지 않아 바뀌었다.

"으아아악. 그만 제발 그만해 주십시오."

"이제 시작한지 5분도 채 지나지 않았는데 벌써 이렇게 약한 마음을 품으면 어떡한단 말이냐. 이 수련이 끝이 나지 않으면 영원히 봉인은 풀리지 않는다. 이대로 살아가고 싶은 것이냐?"

왜 이 설명을 제대로 해주지 않았단 말인가. 혹독한 수련이라고 하기에 몸을 움직이는 수련일 거라고만 생각했다. 하지만 그것이 아니었다. 일방적인 폭행.

그것이 이 수련이었다.

"자, 다시 시작하겠다."

루카라스는, 아니, 그 새끼는 다시금 몽둥이를 꺼내 들고는 나의 몸 구석구석을 때리기 시작했다. 얼마나 구석구석을 때리는지 내 피부가 원래 보라색이라는 착각이 들 정도였다.

그의 구타는 얼굴도 차별하지 않았다. 입술은 부어 터졌고 쌍코피가 줄줄 흘렀다.

눈두덩이는 부어올라 앞도 제대로 보이지 않았다.

"음. 재생력이 뛰어나구나. 이렇게 되면 강도를 더 높여야겠는데."

처음으로 트롤의 재생력이 원망스러웠다. 내 목숨을 몇 번이나 구해준 재생력이었지만 오늘만큼은 원망스럽고 필요 없는 능력이라고 생각되었다.

"으아아아아."

목마저 쉬어버렸다. 쉿소리가 입을 통해 튀어나왔다.

사내가 비명을 지르는 행위를 평소 남자답지 않은 모습이라고 생각했던 나였지만 비명을 참아낼 수가 없었다. 그는 구타의 프로페셔널이었다. 매번 이렇게 아프게 때릴 수가 있단 말인가. 절대 정신을 잃을 정도로 때리지는 않았다. 기절을 하고 싶다는 생각이 몽둥이가 몸을 때릴 때마다 들었지만 그의 몽둥이찜질 실력은 정교했다.

폭력도 당하다 보면 익숙해진다고 했던가? 개소리였다.

절대 익숙해질 수가 없다. 시간이 지날수록 고통은 배가되었다. 나의 재생력이 뛰어나다는 것을 알고 나서는 강도가 더욱 강해졌다.

목에서는 이제 쉿소리도 나오지 않았다. 성대가 나간 듯 아무런 소리가 입 밖으로 나오지 않았다. 원하지는 않았지만 이제 더는 비명을 지르지 못하게 되었다.

"오늘은 첫날이니 이 정도로 하는 게 좋겠다. 아무리 좋은 수련이라도 과하면 좋을 게 없는 법이지."

이게 과하지 않은 수련이라고? 이것이 약하게 한 것이라고?

그의 말이 나를 더욱 불안하게 만들었다. 이 수련을 얼마나 더 해야 하는지 알지 못했기에 두려움이 온몸을 감싸 안았다.

말하고 싶었다. 포기하겠다고. 하지만 성대가 내 마음대로 움직이지 않았다.

몇 시간이 지나고 나서야 몸이 움직였고 말을 할 수 있었다.

고통이 가시자 마음이 또 바뀌었다. 이런 수련이라고 해도 강해진다면 괜찮은 게 아닐까?

몇 번 하다 보면 적응이 되지 않을까? 그런 마음이 들자 입에서는 포기하겠다는 말이 쉽게 새어 나오지 않았다. 이 수련이 끝이 나지 않는다면 평생 이런 꼴로 살아가야 한다.

헌터가 아닌 조금 강한 인간으로, 그것은 싫었다. 죽는 일이 있더라도 평범한 인간으로 살아가고 싶지는 않았다.

나는 혹시나 하는 마음으로 루카라스의 약점을 찔렀다.

"제가 이런 몸 상태라면 더는 사냥을 하지 못하고 루카라스 님에게 줄 선물을 구해 오지 못할 수도 있습니다."

처음으로 루카라스가 고민을 하는 모습을 보였다. 그가 나의 기운을 풀어준다면 다시는 이곳으로 돌아오지 않을 생각이었다.

"그건 걱정하지 말거라. 내가 직접 사냥을 해서 마정석을 구해주마."

드래고니안이 인간을 위해 사냥을 한다? 누가 들으면 매우 고마워할 말이었지만 나에게는 그 어떤 말보다 끔찍한 말이었다.

* * *

마을로 돌아오는 발걸음은 그 어느 때보다 무거웠다.

나는 아직 멍이 다 가시지 못한 얼굴 때문에 마을 주변을 서성거렸다.

해가 지고도 기운은 돌아오지 않았기에 나무에 몸을 기대고는 멍이 없어지기만을 기다렸다.

나의 옆에는 이자벨만이 걱정스러운 눈을 하며 지키고 있었다.

"포기할까?"

"냐옹~"

그녀의 대답이 긍정일까 부정일까? 그것을 알고자 한 질문은 아니었다.

지금 포기할 수는 없다는 것을 잘 알고 있다. 그렇지만 너무 고통스러웠다.

"하… 참아야겠지. 이 또한 지나가리."

마을로 돌아오기 전에 루카라스가 한 말이 기억이 났다.

"이 수련은 매일 빠짐없이 해야만 성과가 있다. 하루라도 빠진다면 수련을 처음부터 다시 시작해야 한다는 것을 기억해라."

독박이다. 피박에 광박까지 썼다. 어쩔 수 없이 나는 다음 날도 루카라스를 찾아가야만 했다.

"다행히 시간은 늦지 않았군. 나는 네가 포기할 거라는 생각도 했는데. 그렇게 마음이 약한 사람은 아니었군."

밤사이 악몽을 수십 번이나 꾸었다. 매번 꿈에는 몽둥이가 나를 괴롭혔고 그 꿈을 꿀 때마다 포기하고 싶은 마음이 들었다. 하지만 나는 다시 이곳을 찾아왔다. 평생 기운을 가두고 살수는 없지 않은가?

"네, 오늘도 부탁드립니다."

구타를 부탁하다니. 내 입에서 나온 말이지만 한숨이 나오는 말이다.

"그래 바로 시작하자."

비행을 할 능력도 없는 나의 뒷덜미를 잡고 그는 어제의 그 장소로 이동했다.

바닥에는 내가 흘린 피 몇 방울이 아직 날아가지 않고 굳어 있었다.

피를 보는 순간 어제의 기억들이 새록새록 생각났고 마음이 진정이 되지 않았다.

"준비가 되었겠지? 바로 시작하겠다."

"잠시만요. 아직 준비가 되지 않았습니다."

"준비라고 할 게 있나? 그냥 몸만 가져다 대면 되는 일인데. 준비는 내가 마치면 되는 것이다."

그의 무자비한 몽둥이찜질이 다시 시작되었다.

"으아아아아!"

아직 비명 소리가 우렁차다. 이 비명 소리가 쇳소리로 변하고 묵음이 될 때까지 구타는 계속되겠지.

그의 몽둥이에 본능적으로 몸을 웅크렸다. 하지만 그 틈새를 비집고 어김없이 몽둥이가 몸을 후벼 팠다.

어떻게 한 대를 맞을 때마다 온몸에 전율이 일 수 있을까? 그는 진정한 전문가다.

웃고 있다. 그의 얼굴에는 미소가 피어 있었다.

대화 상대가 필요한 게 아니라 구타 상대가 필요했던 게 아닐까?

"아직은 여유가 있구나. 좀 더 강하게 해도 되겠군."

어딜 봐서 여유가 있다는 말인가? 지금도 충분히 견디기 힘든 상태였지만 나의 의견은 묵살되었고 그의 몽둥이에 실린 힘이 더욱 강해졌다.

"으아아아아아~!!"

"그래, 잘하고 있어."

저 새끼는 도대체 무얼 보고 내가 잘하고 있다고 하는 거지?

몸이 점점 작아진다. 고개는 몸속으로 숨었고 팔과 다리도 최대한 몸 안으로 비집어 넣었다. 내가 할 수 있는 유일한 방어 수단이었다.

"이런 자세는 수련에 방해가 된다."

그는 억지로 나의 몸을 펴고는 다시 온몸 곳곳을 찜질했다. 잔인한 새끼.

속으로 수십 번 수백 번의 욕을 퍼부었다.

미친 새끼. 변태 사디스트.

온화한 성격의 드래고니안이라고 생각했던 나의 기억을 저주했다.

"오늘은 이 정도로 하면 되겠구나. 어제보다 많이 좋아졌어."

뭐가 좋아졌다는 것일까? 내 살이 어제보다 더욱 부드러워지긴 했겠지.

온몸의 근육이 터져 나가 몸이 마치 공처럼 부풀어 올랐다. 구멍이란 구멍에는 피가 새어 나왔고 눈은 떠지지 않았고 고막도 나갔는지 소리도 희미하게 들려왔다.

그래도 오늘은 이걸로 끝이다. 큰 한숨을 쉬고 싶었지만 숨을 쉴 때마다 폐가 아파왔다.

"잠시 쉬고 있어라, 나는 마정석을 모아 오겠다."

공처럼 변한 나를 두고 그는 사냥을 떠났다.

단것은 먹고 싶겠지. 미친 드래고니안 놈.

목소리가 들어오고 고막이 회복되자 그가 돌아왔다. 힘들게 뜬 눈으로 바라본 광경은 어이가 없어 웃음이 터져 나오려고 했다.

'도대체 단것이 얼마나 먹고 싶은 거야!'

그가 사냥해 온 마정석의 양은 트럭에 가득 채우고 남을 양이었다.

저걸 어떻게 들고 나간단 말인가. 지금은 마정석 몇 개도 들 힘이 없다.

"이정도 양이면 하루 치는 되겠나?"

하루치? 도대체 사탕의 가격이 얼마라고 생각하는 건지. 저 정도 양의 마정석이라면 사탕이 아니라 빌딩을 세울 돈이다.

"충분합니다. 당분간은 사냥을 하지 않으셔도 될 양입니다."

"겨우 이 정도 마정석으로 구할 수 있다는 말인가? 마정석에 대한 걱정은 하지 말고 물건을 구해 와라."

단것에 미친 새끼.

몸이 어느 정도 회복되었고 이제는 마을로 돌아가야 한다.

하지만 저렇게 많은 마정석을 들고 갈 수는 없었다.

급한 대로 웃옷을 벗어 보자기를 만들어 최대한 많은 마정석을 담았지만 루카라스가 가지고 온 마정석의 절반의 절반도 담지 못했다.

"이 정도의 마정석만 가지고 나가겠습니다."

"더 들 수 있을 거 같은데? 옆구리에 하나 끼워주겠다."

그는 억지로 내 옆구리에 마정석 하나를 더 끼워주고 나서야 내가 마을로 돌아가는 것을 허락해 주었다.

"그럼 내일도 이 시간에 보도록 하자."

"내일은 조금 늦을지도 모릅니다. 마정석을 돈으로 환전해서 물건을 구해 와야 합니다."

"그래? 그럼 조금 늦게라도 와라. 하루라도 빠지면 수련은 처음부터 다시 시작해야 된다는 것을 명심해라."

"알겠습니다. 그럼 마을로 돌아가 보도록 하겠습니다."

마을로 돌아가자 어김없이 이자벨이 나를 가장 먼저 반겼고 나는 이자벨의 목에 보따리를 들쳐 메게 하고는 나무에 기대 휴식을 취했다.

"하, 죽을 것 같다."

"야옹~"

다음 날 오전이 되자 지부장과 상인 협회의 상인이 같이 마을로 찾아왔다.

"말씀하신 사탕과 젤리 종류를 최대한 가지고 왔습니다."

"여기 마정석이 있습니다. 돈으로 환전해서 지불해 주세요."

"이 정도 마정석이면 돈을 지불하고도 남습니다. 그런데 마을에 사탕을 좋아하는 아이들이 많나 보네요."

당연히 동생들도 사탕을 좋아한다. 몇 개의 사탕을 빼내어 동생들에게 주긴 했지만 이렇게 많은 양의 사탕을 먹을 리가 없다. 이것은 다 단것에 미친 드래고니안의 뱃속으로 들어갈 것이다.

"저도 어렸을 때는 참 단것을 좋아했었죠."

지부장의 말에 나는 왠지 모를 분노가 치밀어 올랐다. 단지 단것을 좋아한다는 그의 말에 그가 싫어지려고 했다.

나도 점점 미쳐 가는 것 같다. 이게 전부 드래고니안 때문이야.

"남는 돈은 다음에 같이 계산해서 주세요. 그럼 다음 주에 뵙겠습니다."

마정석 한 보따리와 사탕 한가득을 교환했다. 누가 마정석으로 사탕을 교환할까?

그런 미친 사람이 있으면 얼굴이라도 보고 싶다. 나 말고 이런 미친 사람이 있다면 말이다.

사탕의 무게는 꽤 무거웠다. 마정석과 교환한 사탕이니 가벼울 리 없었다.

무거운 사탕을 들고 드래고니안에게 찾아갔다. 그는 나보다 사탕이 더욱 반가운지 얼른 사탕이 든 보따리를 넘겨받았다.

"잠시만 기다리고 있어라. 금방 두고 다시 오겠다."

금방 오겠다며 나간 드래고니안은 한참이나 이따가 돌아왔다.

그의 입에서 단내가 물씬 풍기는 것을 보아 몰래 사탕을 몇십 개는 먹고 온 듯했다.

"자, 그럼 오늘도 시작해 보자."

"으아아아아아!"

폭포가 만들어내는 환상적인 오케스트라 연주에 내 목소리가 불청객이 되어 불협화음을 오늘도 만들어내었다.

오늘로 30일. 한 달 동안 내 몸은 다진 고기가 되기를 반복했다.

그리고 드디어 루카라스의 입에서 끝이라는 말이 나왔다.

"그동안 수고했다. 이제 어느 정도 그릇은 완성된 것 같다."

너무도 원하고 원한 말이었기에 얼굴에는 웃음꽃이 피어났다.

한 달이라는 시간동안 하루도 빠짐없이 맞았다.

체대를 다닐 때 선배들이 구타를 하는 것은 장난에 불과했다.

그때는 엉덩이와 허벅지에 멍이 들 정도였지 지금은 온몸이 피멍이 들었고 머리털이 벗겨질 정도로 두드려 맞았다.

드디어 이 고통에서 해방이다.

그런데 이 행복한 상황에서 나는 이상한 의문이 들었다.

"그런데 왜 기운이 아직 막혀 있는 겁니까?"

"그릇을 만들었다고 해서 수련이 끝난 거라고 생각했던 건가? 드래고니안의 수련을 너무 쉽게 생각했군. 이제 시작일 뿐이다. 이 정도의 수련은 3살 먹은 드래고니안도 충분히 견디는 수련이다."

드래고니안이 얼마나 위대한 종족인지는 알겠지만 3살 먹은 드래고니안에게 이렇게 미친 수련을 시키다니. 수련도 아니다. 일방적인 구타다. 드래고니안 사회에 아동 학대 죄가 있다면 무기징역감이다.

"이제 다음 단계로 넘어가자."

"다음 단계는 무엇입니까?"

말이 떨렸다. 1단계 수련이 이렇게 힘이 들고 고통스러운

데 2단계 수련은 어떨지 상상도 가지 않았다.

“2단계 수련은 1단계 수련을 마치고 가장 먼저 새어 나오는 기운에 대한 적응력을 키우는 수련이다. 기운을 느껴보아라. 어떤 기운이 느껴지지?”

기운이 막혀 있다고만 생각했기에 자세하게 기운을 느껴보려고 생각도 하지 않았다.

나는 눈을 감고 몸속을 느꼈다. 따듯함이 느껴졌다. 집중하지 않으면 느끼지 못할 정도의 따듯한 기운이 몸속에서 느껴졌다.

“따듯한 기운이 느껴집니다.”

“그래 너는 불 속성에 친화력이 뛰어나구나. 그렇다면 그 기운을 제어할 방법부터 찾아야 하겠지. 따라와라.”

그는 주머니에 숨겨둔 사탕 하나를 입에 집어넣고는 나의 목덜미를 잡아끌고는 어디론가로 향했다.

“다행이라고 생각해라. 마침 이 근처에 수련에 적당한 장소가 있다.”

다행일지 불행일지는 모르지만 일단은 그의 손길에 이끌려 수련 장소로 이동했다.

공기가 바뀌었다. 사우나에 온 것처럼 공기가 뜨거웠고 가만히 있어도 땀이 주륵주륵 나기 시작했다. 불기둥이 곳곳에서 튀어나왔고 참을 수 없는 더위가 느껴졌다.

"여기는 어디입니까?"

"보면 모르겠나? 화산 지대다."

이곳이 화산 지대인지 눈이 달려 있는 사람이라면 다 알고 있겠지. 내가 왜 이런 질문을 하는지 요점을 모르고 있는 루카라스에게 나는 다시 질문했다.

"이곳에서 무슨 수련을 할 생각이십니까?"

"불 속성의 제어력을 높이려면 화산 지대보다 좋은 장소는 없지."

설마 이곳에 던지지는 않겠지? 설마는 사실이 되었다.

"어서 들어가라. 용암도 아니고 화산의 열기에 달궈진 물이라서 그렇게 뜨겁지 않을 것이다."

용암의 아니라고 해도 펄펄 끓는 물속으로 들어가고 싶은 마음은 전혀 없었다.

다진 고기를 끓는 물에 넣는 것처럼 생각되었다.

"하지만 이렇게 끓는 물속에 들어간다면 살이 녹아 없어질 것입니다."

"걱정하지 마라. 죽기 직전에 구해줄 테니."

너무 고마운 루카라스의 말에 하마터면 욕지거리가 튀어나올 뻔했다.

"그래도 너무 위험합니다."

"위험한 거 알고 시작한 거 아닌가? 들어가라."

그는 나의 등을 발로 찼고 나는 끓는 물 속에 몸을 맡겼다.

"으아아아아아!!"

너무 뜨거웠다. 목욕탕의 온탕과는 비교가 되지 않는 뜨거움이 살갗을 태웠다.

온몸에 기포가 올라왔고 온몸의 털이 빠져나가고 살이 붉게 변해갔다.

도저히 참을 수 없는 고통에 그곳에서 빠져나오려고 했지만 근육이 이미 녹아 없어졌는지 몸이 마음대로 움직이지 않았다. 이 필요 없이 튼튼한 재생력 덕분에 죽지 않고 있는 것이 원망스러웠다.

"제발 꺼내주세요!! 으아아아아!!!"

나의 외침에 그는 슬그머니 주머니에서 사탕 하나를 꺼내 먹을 뿐 아무런 반응도 보이지 않고 있었다. 재수 없는 새끼. 천벌을 받아 죽을 놈.

피부가 녹아 없어지자 살이 모습을 보였고 살 틈 사이로 뼈도 보이기 시작했다.

죽고 싶었다. 차라리 죽는 것이 이 고통을 느끼는 것보다 나을 것이다.

"이제 빼줘야겠군. 조금만 더 하면 정말 죽겠어."

"으아아아아아아!!"

몸이 떨리지도 않는다. 극심한 고통에 몸이 마비되어 움직일 수조차 없었다.

"생각보다 약하군. 그래도 1시간은 견딜 줄 알았는데 고작 30분이라니. 그래도 내일은 좀 더 견디겠지."

고작 30분이 아니라 30분이나 견딘 것이다. 누가 이렇게 펄펄 끓는 물속에서 30분이나 견디겠나. 30분의 시간은 3일의 시간처럼 천천히 갔다.

몸이 재생되는 시간도 오래 걸렸다. 살이 솟아나고 피부가 복구되는 데 걸린 시간은 반나절이나 걸렸다.

1단계 수련에서 반나절을 두드려 맞고 3시간에 걸쳐 회복되었으니 수련 시간은 몇 시간 차이 나지 않았다. 하지만 차라리 반나절 동안 두르려 맞는 것이 낫지 살이 타들어가는 고통을 느끼고 싶지는 않았다.

어제가 행복했다는 것을 뼈저리게 느끼고 있었다.

나는 생각이 거기까지 미치자 궁금한 것이 생겼다.

"이 수련이 마지막입니까? 혹시 더 있는 것은 아니겠죠?"

"자꾸 드래고니안의 수련법을 무시하는군. 이 수련법은 총 10단계의 수련으로 구성되어 있다. 수련에 대한 걱정은 말아라."

누가 수련에 대한 걱정을 한다는 말인가. 점점 강해지는 수련법에 죽지 않을까 걱정이 될 뿐이다.

"이 수련은 언제 끝나는 겁니까?"

"당연한 것을 물어보는군. 당연히 네가 적응할 때까지 계속되는 거다."

적응? 이 뜨거움에 어떻게 적응을 한다는 말인가.

인간이 아무리 적응의 동물이라고 하지만 정도라는 게 있다.

지금 하는 수련은 인간의 한계를 넘어선 수련이 분명하다.

도망가자. 평범한 인간으로 사는 게 낫지 이 고통을 내일도 느낄 수는 없다.

"그래도 네가 불에 대한 적응력이 나쁘지 않아 일주일 정도면 적응할 수 있을 것 같다."

일주일? 달콤한 그의 말에 귀가 솔깃했다. 30일의 구타도 참았다. 고작 일주일의 고통은 참을 수 있지 않을까? 그렇게 나는 일주일동안 이곳을 찾았다.

*　　*　　*

루카라스의 말은 거짓이 아니었다. 정말 일주일이 지나자 더는 살이 부풀어 오르지 않았고 몸속에 있는 불의 기운들이 몸을 보호했다. 이제는 따듯한 온천에 몸을 녹이는 느낌밖에는 들지 않았다.

"아 시원하다."

이제 여유까지 생겼다.

"이제 견딜 만한가 보군. 다음 장소로 이동하자."

너무 여유를 부렸는지 그는 나를 이끌고 다른 장소로 이동했다.

"이제 이 정도는 견딜 수 있겠군."

견딜 수 있다는 말의 의미를 알고 있는 건가?

그가 나를 데리고 온 곳은 화산의 꼭대기였다. 용암에 끓는 물이 아니라 용암이 불꽃을 피우고 있는 곳이었다.

"루카라스 님. 이곳은 아닌 것 같습니다. 아무리 불의 기운이 몸을 보호한다고 해서 용암을 견딜 정도는 아닙니다."

"처음 끓는 물에 몸을 맡겼을 때는 견딜 만하다고 생각해서 들어간 것은 아니지 않나. 용암도 참다 보면 견딜 만할 거다."

"정말 용암은 무리입니다. 아아아아!!"

그는 나의 등을 발로 차서 용암으로 떨어뜨렸다.

생각대로 용암은 너무도 뜨거웠다. 아니, 뜨거운 느낌도 들지 않았다. 감각마저 한순간에 잃어버릴 정도로 몸은 급속도로 녹아내리고 있었다.

"아직 무리인가?"

그의 말이 용암을 뚫고 나의 귓속으로 들어왔다.

용새끼. 튀겨 죽일 놈.

불과 5분도 되지 않아 그는 나를 용암에서 건져 내었다.

"용암이라고 해도 30분은 견딜 수 있을 거라고 생각했는데 아니었군."

당연한 말이지 않나. 내가 몇 번이나 무리라고 했었는데 그는 나의 말을 듣지 않고 나를 그 뜨거운 용암으로 집어넣었다.

그는 나의 소리 없는 아우성을 듣지 않고 주머니에서 사탕을 하나 꺼내 먹을 뿐이었다.

불과 5분 동안 용암에 있었지만 나의 하반신은 거의 타들어가 형체를 알아보기 힘들었다.

반나절이 넘는 시간이 지나서야 몸은 재생되었다.

"내일도 용암에 들어가야 하는 겁니까?"

"오늘은 5분을 견뎠으니 내일은 10분은 견디겠지."

내가 생각할 수 있는 모든 욕을 속으로 외쳤다. 학교 다닐 때 공부를 소홀히 해서 어휘력이 뛰어나지 않은 것이 천추의 한이었다.

"그건 그렇고 검은색 달콤한 그것이 나는 마음에 든다. 다음에 올 때는 그것을 위주로 들고 와주기를 바란다."

나를 전혀 걱정하지 않는 그는 초콜릿을 원할 뿐이었다.

이미 나는 상인 협회의 VVIP가 되었다. VVIP회원이 되기 위해서는 엄청난 돈을 주기적으로 사용해야 한다. 나는 사탕과 초콜릿을 구매하며 VVIP회원이 될 수 있었다.

나와 거래하는 상인의 말로는 이런 경우는 처음이란다.

보석이나 값비싼 옷 등을 사며 VVIP회원이 되는 경우는 있었지만 먹는 거 그것도 주전부리로만 VVIP가 된 경우는 이전에도 앞으로도 없을 거라고 했었다.

이제는 용암도 오래 견디는구나.

용암에 빠져 지낸 지도 10일이 넘었다. 5분 만에 녹아내리는 몸이 이제는 1시간을 넘게 견딜 수 있었다. 용암에서 견딜 수 있게 되자 오히려 고통이 더욱 극심해졌다.

짧은 시간 몸이 타들어 가면 고통이 느껴지지 않는다. 하지만 1시간이 넘게 용암에 있게 되면 몸이 타들어가는 고통을 조금씩 천천히 느낄 수 있다.

끓는 물에 있는 것보다 몇십 배는 더한 고통을 매일같이 참고 견뎌야 했다.

이제 포기를 할 수는 없다. 여기까지 온 것이 아까워 절대 포기할 수는 없다.

한 달이 넘게 당한 구타와 끓는 물과 용암에서 보낸 시간이 포기하기에는 너무나 아까웠다.

내가 어떻게 그런 고통을 참고 견뎠는데 포기한단 말인가.

용암에서 보낸 시간이 20일이 넘어가는 순간 나는 용암에서 헤엄을 치며 물장구를 칠 수 있었다. 물보다는 무거운 용암이었지만 그것이 또 다른 재미를 준다.

"루카루스 님, 같이 수영하실 생각 없으세요?"

"나는 싫다. 이제 그만 올라와라."

나는 용암지대를 클라이밍하듯이 타고 올라왔다. 그는 여전히 입을 오물거리며 무언가를 먹고 있었다.

"이제 불의 기운은 제어가 가능하겠군. 그러면 다음 단계로 넘어가자. 불의 기운 말고 어떤 기운이 느껴지는가?"

몸 전체를 불의 기운이 잠식하고 있었지만 그 틈을 비집고 땅의 기운이 느껴졌다.

"땅의 기운이 느껴집니다."

"맞다. 너는 불의 기운 다음으로 땅의 기운이 충만하다. 이제 땅의 기운에 적응할 차례다."

이번엔 무슨 기상천외한 수련을 하게 될까? 용암도 견뎌낸 나였기에 설렘 반 두려움 반으로 수련 장소로 이동했다.

"땅을 파라."

땅의 기운을 제어하기 위해서는 땅과 친해지는 것이 당연했기에 나는 군말 없이 맨손으로 땅을 파기 시작했다. 이 정도 수련은 이전에 비하면 편한 축에 속했다.

손이 아프긴 했지만 몸이 타들어가는 고통을 더는 느끼지 않았기에 기쁜 마음으로 땅을 파 들어갔다.

몇 시간을 팠을까? 어느새 내 몸이 들어가고도 한참 남을 정도로 구멍을 팠다.

두더지가 형님 할 정도로 이제는 능숙하게 땅을 팔 수 있었다.

"언제까지 파야 하는 겁니까?"

"그 정도 파면되겠군."

"그러면 이제 올라가면 됩니까?"

"올라오긴 어디를 올라온단 말이냐. 가만히 기다리고 있어라."

그는 발길질을 시작했다. 발길질 한 번에 구멍의 절반을 덮을 정도의 흙이 쏟아지고 있었다.

"루카라스 님, 갑자기 왜 이러십니까?"

"이게 수련이다. 땅속에서 지내야 땅의 기운을 받아들일 것 아닌가."

삽시간에 땅속에 묻혀 버렸다. 거기서 멈추지 않고 용새끼는 무슨 짓을 했는지 땅에서 가해지는 압박이 강해졌다.

손가락 하나 움직일 수 없을 정도로 땅이 나를 속박했고 나는 숨도 제대로 쉬지 못하고 있었다. 빛 하나 비치지 않는 땅속에서 흙들이 나의 숨을 옭아매었고 움직이지 못하는 답답함에 심장이 터질 것만 같았다.

거기서 멈추지 않고 점점 정신이 잃어갔다.

여기가 어디지? 내가 왜 여기에 있는 거지?

머리가 둔해졌고 아무런 생각이 들지 않았다.

정신의 끈을 놓기 직전에 나는 다시 빛을 볼 수 있었다.

"허억! 허억!"

"그래도 생각보다 오래 견디는군. 이번 수련은 생각보다 빨리 끝나겠어."

"제가 몇 시간이나 땅속에서 있었던 겁니까?"

"5시간 동안 있었다. 처음치고는 매우 훌륭한 성적이다."

"몇 시간이나 땅속에서 견뎌야 이번 수련은 끝이 나는 겁니까?"

"몇 시간? 그것이 왜 중요한가. 땅에서 평생을 지낼 정도는 돼야 이번 수련이 끝이 난다. 시간이 중요한 것이 아니지."

솔직히 땅속에서의 수련이 몸을 망가뜨리지는 않았다. 용암에서의 수련이나 구타를 방자한 수련에서 망가진 몸을 재생하기 위해서는 짧게는 1시간, 길게는 반나절의 시간이 필요했다.

하지만 이번 수련은 딱히 재생력이 필요하지는 않았다. 하지만 차라리 고통을 느끼는 것이 나았다.

땅속에서의 시간은 정신을 망가뜨린다. 몸 하나 움직이지 못한다는 것은 어떤 고문보다 정신을 흔들어놓았다. 이 수련은 다른 수련보다 오히려 큰 공포심을 심어줬다.

땅속에서 지내는 시간이 익숙해질 거라는 생각은 들지 않았다.

이 짓거리도 시간이 해결해 줄까?

한 달이 지나갔다.

땅속에서 보내는 시간이 길어지긴 했지만 여전히 고통스러웠다.

단지 정신을 놓기까지의 시간이 길어졌을 뿐 이전과 전혀 달라지지 않고 있었다.

용암에서의 수련은 하루가 다르게 적응되는 느낌에 참을 수 있었지만 이번 수련은 너무 더뎠다.

여전히 공포심이 머리를 지배하고 있었고 두려웠다.

"좀 더 즐기는 마음으로 수련에 임해라. 그렇지 않으면 나아지지 않는다."

노력하는 사람이 즐기는 사람을 이기지 못한다는 말은 알고 있다.

하지만 지금 상황을 즐길 사람이 있을까?

아무리 강한 정신력을 가지고 있는 사람이라도 빛 하나 비치지 않는 땅속에서 온몸이 속박되는 것을 즐길 수는 없을 것이다.

"도저히 익숙해지지가 않습니다."

"그래? 땅속이 두려운가? 그냥 편안한 집에 있다고 생각해라. 땅의 기운에 몸을 맡기고 느껴라. 땅이 하는 얘기를 듣고 대화를 시도해라. 그러면 어느새 너의 몸이 땅과 연결되어 있을 거다."

"그것을 안다고 해도 쉽지가 않습니다."

"하다 보면 늘겠지. 다시 들어가라."

아무리 좋은 충고라고 해도 지금은 머릿속에 들어오지 않았다.

그가 하는 말이 정답이겠지만 정답을 안다고 해도 답안지에 쓸 수가 없었다.

그렇게 땅속에서 또 한 달을 보냈다.

이제는 공포심이 많이 줄어들었다. 몸이 움직이지 않는 것이 익숙했다.

몸이 익숙해지자 땅의 기운이 조금씩 느껴지기 시작했다.

땅은 언제나 나에게 말을 걸고 있었다.

땅의 목소리에 집중하자 땅이 내는 목소리가 들려왔다.

'왜 무서워하는 거야? 내가 무서워? 우리는 아무런 짓도 하지 않고 있어.'

그렇다. 땅은 나에게 적대적이지 않다.

내가 그를 밀어내고 있었을 뿐이다. 이제는 땅에게 우호적으로 다가갈 수 있다.

온몸의 기공을 열어 땅이 내는 기운을 받아들였다.

숨을 조여오는 압박이 푹신한 침대처럼 느껴졌고 온몸이 움직이지 않는 느낌은 부드러운 마사지를 받는 느낌으로 변했다.

그 순간부터 땅은 친구가 되었다. 너무도 따뜻하고 폭신한 기분에 나가고 싶지 않았다.

그런 나의 기분을 알았는지 루카라스가 나를 땅에서 끄집어내었다.

"드디어 익숙해졌군. 너무 오래 걸렸어. 금방 끝날 것 같던 수련이 두 달이 넘어갔다."

"죄송합니다. 이제야 루카라스 님이 하는 말을 이해할 수 있었습니다."

"오늘은 여기까지 하고 내일 다음 단계로 넘어가야겠다. 내일은 말랑한 그것을 먹고 싶다."

젤리를 먹고 싶어 하는 그의 요구를 들어주고 싶은 마음이 처음으로 들었다.

지금의 기분이라면 젤리를 한 트럭 구해서 그에게 주고 싶었다.

정말 길고도 길었던 땅에서의 수련이 끝이 났기에 너무나

후련했다.

마을로 돌아오자 평소와 다른 분위기가 느껴졌다.

마을에 도착하면 언제나 제일 먼저 나를 반기던 이자벨의 모습도 보이지 않았다.

아직 기운의 대부분을 봉인한 상태였기에 마을에 무슨 일이 생긴 건지 알 수가 없었다.

시끄러운 소리가 들리는 곳으로 움직여서야 지금의 상황을 알 수 있었다.

"아니 우리가 못 할 말을 한 것도 아니고 같이 먹고살자는데 왜 그렇게 과민 반응을 보이십니까. 우리도 이 마을에서 살게 해달라는 것이 그렇게 못 할 말입니까?"

수십 명의 사람이 마을 입구에서 마을 사람들과 대치를 하고 있었다.

헌터의 모습은 보이지 않았다. 그들 전부 평범한 사람들이었다.

굶주림에 지친 평범한 사람들.

하지만 그들은 공생이 아니라 일방적인 도움을 원하고 있었다.

아무런 조건 없이 자신들을 거둬달라는 일방적인 요청을 마을 사람들은 거절하고 있었다.

"무슨 일이십니까?"

"아, 용택군. 왜 이렇게 늦게 왔는가. 하마터면 유혈 사태가 일어날 뻔했어."

김 교수 옆을 지키고 있던 이자벨이 나에게로 다가와 몸을 비벼대었다.

마치 마을 사람들을 지킨 자신을 칭찬해 달라는 의미로 보였다.

나는 이자벨을 안아 들고는 마을 사람들과 대치하고 있는 사람들에게 말했다.

"그만 나가주세요. 여기는 사유지로 인정받은 곳입니다. 낯선 사람들이 함부로 들어올 수 있는 곳이 아닙니다."

마을 재건설을 하면서 마을의 토지를 정부에게서 사들였다.

헌터 협회의 도움이 있었기에 시가보다 약간 싼 가격으로 토지를 살 수 있었고 마을은 내 이름으로 된 개인 소유지였다. 나는 그들의 접근을 막을 권리가 있었다.

"아니, 우리 모습을 보십시오. 굶고 쓰러지기 직전의 사람들입니다. 당신들은 좋은 옷 입고 부른 배를 두드리고 있지만 우리는 굶어 죽기 일보 직전입니다. 살려주세요."

일반 사람들 수십 명을 마을 사람들이 막아내지 못할 이유가 없었다.

나의 도움으로 능력을 각성한 사람들도 있었기에 일반 사람들의 이런 행동을 마을 사람들로만 으로도 충분히 막아낼 수 있었지만 그들은 독하지 못했다.

독하지 못하기에 이들이 거머리처럼 달라붙는 거겠지.

"나가세요. 다시는 이곳에 발도 붙일 생각 하지 마세요."

내가 원하는 마을은 지금이 적당했다. 마을 사람들이 아기를 낳아 인구수가 늘어나는 것은 환영할 일이었지만 다른 사람들의 유입은 원치 않았다.

물론 배우자나 형제들을 데리고 오는 것까지는 막지 않았지만 아무런 관계가 없는 사람들까지 마을로 들어오는 것은 환영하지 않았다.

새로운 사람이 들어온다는 것은 새로운 문제점이 생긴다는 것과 다르지 않다.

화목한 마을 분위기를 깨고 싶지는 않다.

기존 마을 사람들이 텃세를 부리는 모습을 보고 싶지도 않았고 새로 들어온 사람들이 차별 대우를 받는다고 투정을 부리는 것을 듣고 싶지도 않았다.

"무슨 일이십니까?

우리 마을을 예의 주시하고 있던 지부장이 마을의 소란스러움을 들었는지 때마침 도착했다.

"이들이 강제적으로 마을로 들어오려고 합니다. 이곳은 저의 사유지입니다. 그들을 쫓아내 주세요."

나의 말에 지부장은 지금의 상황을 이해했는지 사람들을 마을 밖으로 쫓아내었다.

"이런 일이 생기게 해서 죄송합니다."

지부장은 자신이 한 일이 아니었지만 고개 숙여 나에게 사과를 했다.

"아닙니다. 하지만 앞으로는 이런 일이 생기지 않도록 부탁드리겠습니다."

"네, 알겠습니다. 최대한 사람들의 접근을 막도록 하겠습니다."

지부장은 나에게 마정석을 받아야만 자리를 유지할 수 있었기에 나에게 우호적일 수밖에 없었고 그는 다른 사람들이 마을로 접근하는 것을 공권력을 이용해서 막을 것이 분명했다.

* * *

이것으로 충분할까? 다른 사람들의 출입을 막는 것만이 해결책인지는 정확히 알지 못했다.

하지만 지금으로서는 이보다 좋은 방법이 생각이 나지 않았다.

두 교수님과 얘기를 나누어봐도 지금 다른 사람들의 유입은 시기상조라는 답만이 나왔다.

마을에 대한 고민으로 머리가 아파왔지만 불행인지 다행인지 드래고니안의 수련이 나를 그런 고민을 할 틈도 주지 않았다.

이번 수련은 공기에 대한 수련이었다. 공기보다는 바람의 기운을 제어하는 수련에 가까웠다. 전과 다름없이 이번 수련도 무식하기 짝이 없었다.

이런 수련을 어린 드래고니안이 견뎌내었다는 것이 정말 믿기지 않았다.

루카라스는 까마득히 높은 절벽 위에서 나를 발로 차 떨어뜨렸다. 바람을 느끼라는 말 한마디와 함께.

말이나 되는 소리인가? 절벽에서 떨어져 바람의 기운을 느끼는 것이 가능할 리가 없다.

날개가 없는 사람이 어찌 하늘에서 다른 생각을 할 수 있겠는가. 심장이 쪼그라들고 팔을 허우적거리기에도 바쁜 상황에서 바람의 기운을 느끼기는 것은 불가능한 일이었다.

하지만 그 짓도 수백 번을 반복하니 가능했다.

절벽에서 떨어지며 온몸의 뼈가 다른 방향으로 부러지며 살을 뚫고 나오는 경험을 무수히 많이 하기는 했지만 결국에는 바람의 결을 읽을 수가 있었다.

"이제 절벽은 익숙해졌군."

가장 무서운 말이 그의 입에서 나왔다. 어떤 미친 짓을 하려는 걸까?

그는 습관처럼 나의 목덜미를 잡고는 절벽 위로 올라왔다. 여기까지는 이전과 다를 바가 없었지만 그는 거기서 멈추지 않고 구름 위 까지 나를 데리고 날아올랐다.

"이 정도 높이면 적당하겠지?"

"새도 날지 못하는 높이인 것 같습니다. 조금 낮은 곳부터 시작하는 것이 어떨까요?"

그에게 목덜미를 잡힌 채 헬스장 러닝머신 위에 있는 것처럼 제자리걸음을 하고 있는 나는 하늘이라는 미지의 공간이 주는 공포에 어쩔 줄 몰라 했으나 그는 망설임 없이 손을 놓았다.

"으아아아아~!!"

하루라도 비명을 지르지 않은 날이 없다. 조만간 득음을 하지 싶었다.

쾅!

뼈가 살을 뚫고 나오고 갈비뼈가 폐를 찌르고 있었지만 죽지는 않았다.

납작한 쥐포가 받는 느낌을 이제야 이해할 수 있었다.

앞으로 쥐포는 절대 안 먹을 거야.

오행의 기운이 하나씩 몸에 자리 잡기 시작함에 따라 재생력도 덩달아 좋아졌고 이런 상처쯤은 몇 시간이 걸리지 않아 회복되었다. 예전 같으면 하루 반나절은 걸릴 시간이 절반도 걸리지 않았다. 그 말은 한 번 더 하늘에서 떨어져도 된다는 뜻이었다.

"으아아아아~"

쿵!

하늘에서 추락하기 시작한 지도 20일이 지났다. 이제는 하늘을 자유롭게 떠다닐 수 있게 되었고 오히려 걷는 것보다 나는 것이 익숙해졌다.

"이제 그만 내려와라."

"오늘따라 공기가 상쾌합니다."

"알겠다. 이제 그만 내려와라. 다음 수련을 곧장 시작해야 한다."

바람의 기운을 땅으로 향하게 한 나는 루카라스가 있는 곳으로 착지했다.

"이번엔 무슨 수련입니까?"

"불, 땅, 바람의 수련을 마쳤으니 물의 수련이다. 저기 폭포가 떨어지고 있는 강으로 내려와라."

더는 그에게 목덜미를 잡혀 이동할 필요가 없었다. 그의 뒤를 쫓아 엄청난 물이 떨어지고 있는 강으로 이동했다.

"들어가라."

이번 수련이 어떤 형식으로 이루어질지 대충 예상이 갔다.

물속에서 견뎌내는 것이겠지.

땅에서 질식을 당할 뻔했던 경험이 있었기에 물속에 대한 두려움은 전보다 덜했다.

"그럼 다녀오겠습니다."

나는 수련을 시작하고 처음으로 스스로 수련 장소로 들어갔다. 루카라스가 발을 들었다가 놓는 모습에서 진한 아쉬움이 느껴졌다.

즐기고 있었어. 나를 수련 장소로 차 넣는 것을 즐기고 있었어. 저 변태 용새끼.

물 안으로 들어가자 차가운 물이 느껴졌고 그다음 수압이 몸을 압박했다.

숨을 한껏 들이마시고 물 안으로 완전히 잠수해 들어갔다.

이제는 자세히 말하지 않아도 그가 어떤 수련을 할지 예상이 되는 수준까지 올라왔다.

숨 참기 대회가 있다고 들었다. 그 대회의 우승자가 물속에서 얼마나 숨을 참을 수 있는지는 몰라도 나도 그에 뒤지지 않을 자신은 있었다.

30분이 넘는 시간 동안 숨을 멈추고 물 안에 솟아나 있는 바위를 잡고 견뎌내고 있었다.

조금씩 숨이 막혀오기 시작했다. 입에서 물방울들이 생겨났고 질식을 할 것만 같았기에 위로 올라가려고 했지만 누군가가 누르는 힘 때문에 물 밖으로 나오지 못하고 있었다.

그 누군가는 변태 용새끼일 게 분명했다.

물속에서 30분이나 숨을 참으면 되지 뭘 더 바라는 거야.

내가 물고기도 아니고 물속에서 어떻게 숨을 쉴 수 있겠냐고.

어? 숨이 쉬어진다.

그것도 너무 자연스럽게.

일전에 몬스터를 사냥하며 수중 호흡 능력을 얻은 게 생각이 났다.

기운들이 개방되면서 수중 호흡 능력도 개방된 것 같았다.

물속에서 숨이 쉬어진다는 것을 알게 되자 물은 나에게 공포심을 주지 못했다.

물속을 유유히 수영을 하며 온몸으로 물의 기운을 받아들였다.

몸 안으로 물의 기운이 충만하게 들어오는 것이 느껴졌고 나는 눈을 감아 물의 흐름에 몸을 맡겼다.

물과 하나가 되는 기분이 들었다.

"이제 그만 나와라."

이제야 물속에서 지내는 것에 대한 즐거움을 찾았는데 그런 즐거움을 지켜보지 못하는 그가 나를 강제로 물 밖으로 끄

집어내었다.

"물의 기운과 궁합이 잘 맞는군. 오늘은 여기까지 하고 내일 마지막 수련을 하기로 하자."

"감사합니다. 그러면 이만 가보겠습니다."

"그리고 다음에 올 때 빵 안에 크림이 들어 있고 초콜릿이 묻어 있는 것을 사 와라."

점점 원하는 것이 구체적이고 고급으로 바뀌고 있는 그의 입맛이었다.

그가 구해주는 마정석은 초코파이 몇 트럭을 사고도 남는 돈이었지만 아까운 건 아까운 것이었다.

이제는 상인 협회의 사람 한 명이 거의 마을에 상주하다시피 하고 있었다.

매번 나를 찾아오는 일도 번거로웠고 내가 사 가는 것으로 대구 지역의 매출 1위를 차지하고 있었기에 상인 협회에서는 나의 요구를 빠르게 받아들이기 위한 상인 한 명을 파견한 것이었다.

"다음에는 초코파이 20박스 정도 구해주세요. 그리고 설탕하고 사탕류도 구해주시고요."

"알겠습니다. 매번 이렇게 찾아주셔서 감사합니다."

내가 한 번에 주문하는 양은 우리 마을 사람들이 몇 주를 먹고도 남을 정도의 양이었다.

그것을 드래고니안은 하루가 안 되어 다 먹어치워 버렸다.

기운만큼 위장도 남다른 용새끼였다.

"이번에 유럽 장인이 만드는 초콜릿을 어렵게 구했습니다. 그것도 같이 주문을 할까요?"

밸런타인데이도 아닌데 초콜릿을 사고 싶은 마음은 없었지만 용새끼가 준 마정석이 워낙 큰 금액이었기에 상인에게 고개를 끄덕여 주며 긍정의 의사를 표했다.

"그렇게 해주세요. 그리고 마을 사람들이 필요로 하는 물건이 있으면 언제든지 구해주시고요. 대금은 제가 다 지불하겠습니다."

이미 마을 사람들도 상인과의 교류를 활발히 하고 있었다.

보통 사람들이 상인 협회의 상인들과 직거래를 할 수 있을 리가 없었다.

그들의 주요 고객층은 VIP 이상의 고객들이었다.

하지만 마을에 상인 한 명이 상주함에 따라 그것이 가능해졌다.

상인은 언제나 나를 기다리며 마을에서 시간을 때웠고 그 상인은 심심함을 참지 못하고 다른 마을 사람들에게 필요한 물건을 구해주겠다고 꼬드겼다.

생활필수품이 부족한 마을 사람들은 두 팔 벌려 그를 환영했다.

마을이 재건축되고 상인이 들어오자 마을은 전과 비교할 수 없을 정도로 활기를 띠었다.

이제야 사람이 사는 곳 같은 분위기였다.

마을 재건축을 하며 마을 안에는 아이들이 뛰어놀 수 있는 놀이터도 생겨났고 공용 목욕탕도 만들어져 농사에 지친 마을 사람들이 하루의 피로를 풀 수 있었다.

이제 수련도 막바지에 다다랐다. 마지막 쇠의 기운만 제어할 수 있으면 수련은 끝이 난다.

어서 수련이 끝이 나기만을 기도했다.

4개의 기운을 개방했을 뿐인데 이전보다 훨씬 강해진 것을 느낄 수 있었다.

이제는 C급 이하의 보스급 몬스터는 어렵지 않게 상대할 자신이 들었다.

여기서 마지막 기운까지 개방한다면 어떤 힘을 가지게 될지 궁금했다.

하루가 아까웠다. 수련을 시작하고 처음으로 내일이 오기만을 기다렸다.

"이제 쇠의 기운을 제어할 차례네요."

"그렇다. 다섯 가지 기운 중 마지막 쇠의 기운이다. 쇠의 기운이 강해지면 피부는 강철처럼 강해지고 웬만한 충격에는 상처도 입지 않게 되지."

"제게 이런 능력이 있는데 굳이 쇠의 기운이 필요할까요?"

나는 와이번의 비늘로 몸을 덮으며 그를 바라보았다. 이번에도 수중 호흡처럼 쇠의 기운을 제어하는 데 도움이 되지 않을까 생각이 되었다.

"와이번의 비늘처럼 보이는군. 고작 와이번의 비늘 정도의 강도로 만족하다니. 쇠의 기운을 제대로 제어한다면 와이번의 비늘은 상대도 되지 않을 정도로 단단한 몸을 가지게 된다. 물론 와이번의 비늘의 강도는 더 강해지겠지."

와이번의 비늘보다 더욱 단단한 몸을 가지게 된다?

그렇게 되면 무적에 가까워지는 것이다.

"이번 수련은 어떤 방식으로 진행되는 겁니까? 바로 시작하고 싶습니다."

"그래, 따라오너라. 우리 드래고니안의 특별한 수련 방식의 백미이니 기대해도 좋다."

그가 나를 데리고 간 곳은 수련을 처음 시작한 장소였다.

수천 번의 몽둥이찜질을 당한 기억이 떠오르자 몸이 절로 짧은 경련을 일으켰다.

"몸을 이곳에 묶겠다."

수련장 한곳에 있는 거대한 바위가 나를 기다리고 있었고 나는 바위에 이유도 모른 채 묶여야 했다.

"이제 준비는 마쳤군."

"무슨 수련인데 이렇게 몸을 묶기까지 해야 합니까?"

"처음 한 수련과 크게 다르지는 않다. 대신 몽둥이 말고 쇠몽둥이로 때린다는 사소한 차이가 있지."

그게 어딜 봐서 사소하다는 말인가. 나무로 만든 몽둥이찜질도 견디기 힘들었는데 쇠로 만든 몽둥이로 몸을 두드린다니. 이게 드래고니안의 수련법의 백미라니.

무식한 수련법을 만든 그의 아버지의 모습이 상상되었다. 아마 뇌까지 근육으로 덮여 있을 것이 분명했다.

"자, 그럼 시작하지."

퍽!

한 대를 맞았을 뿐인데 숨이 쉬어지지 않았다.

퍽!

두 대를 맞으니 머리까지 고통이 올라왔다.

지금까지 무수히 많은 고통을 참고 견뎌왔지만 지금의 고통은 말로 설명할 수 없을 정도로 고통의 강도가 남달랐다.

"이 몽둥이는 드래고니안의 기술이 집약되어 있는 물건이지. 수천 년 동안 화산 깊숙이에서 생겨난 철을 드래고니안의 정수와 섞어 만든 최고의 수련 도구다. 이 수련 도구를 직접 경험한다는 것을 영광으로 생각해라. 이 수련 도구를 이용하면 몸의 바깥부터 안까지 균등하게 쇠의 기운이 느껴질 것이다."

쇠를 두드려 단단하게 한다는 것은 알고 있다. 하지만 사람을 두드려 단단하게 한다니.

그는 미쳤다. 아니, 드래고니안은 미쳤다. 이런 수련 방식을 어린 드래고니안에게 행하다니.

미친 종족이 분명했다. 미치지 않고서는 이런 수련 방식을 만들어낼 리가 없다.

"으아아아아!!"

정말 득음이 코앞까지 다가선 기분이 들었다.

비명을 지르지 않고는 참을 수가 없었다.

피부부터 시작해서 살을 타고 뼈와 장기를 동시에 울리는 쇠몽둥이의 놀라운 능력을 참을 수 있는 존재가 있다고는 믿지 않는다.

한참이나 비명을 지르고 나서야 그의 손이 멈추었다.

오늘 수련이 이걸로 끝이 나는 건가? 정말 길고 긴 시간이었다.

이런 수련을 얼마나 더 버텨야 하는 거지? 이거만 버티면 수련이 끝이 난다.

참자. 나는 참을 수 있다.

"수고하셨습니다."

억지로 얼굴에 미소를 지으며 그에게 인사했다. 어서 마을로 돌아가 쉬고 싶은 마음뿐이었다.

“어디 가려고? 아직 끝이 나지 않았다. 뒤집어라.”

그는 나를 바위 풀고는 등이 앞으로 가게 해서 다시 묶었다.

이제 절반을 두드린 것이다.

“으아아아~!!”

쇠의 기운을 제어하는 수련을 시작한 지도 이제 23일이 지났다.

쾅! 쾅!

이게 어딜 봐서 쇠가 몸을 두드릴 때 나는 소리란 말인가.

쇠와 쇠끼리 부딪히는 소리가 몸에서 났다.

하지만 여전히 고통은 뼈와 장기를 울렸다.

“이제 겨우 피부만 단단해졌군. 아직 뼈와 장기가 단단해지려면 멀었다. 지금 한 만큼 더 하면 가능하겠군.”

“으아아아!!”

거의 두 달의 시간 동안 바위에 묶여 드래고니안의 장난감이 되었다.

내가 수련을 하고 있는 것이 아니라 그의 즐거움을 위해서가 분명했다.

그는 몽둥이를 날릴 때마다 웃음을 지었다.

미친 변태 용새끼.

“이제 울림이 좋아졌어. 장기까지 단단해졌군.”

솔직히 더는 아프지 않았다. 그의 몽둥이가 날아오는 속도와 거기에 실린 힘은 예전보다 훨씬 빠르고 강해졌지만 아무런 고통도 느껴지지 않았다.

"이제 끝난 겁니까?"

"그래, 이제 끝이 났다."

그는 바위에서 나의 몸을 끌어 내렸다. 드디어 이 지옥 같은 수련이 끝이 났다.

"수고하셨습니다."

마음에도 없는 말을 그에게 했다.

수고는 내가 했지, 그는 즐겼을 뿐이다.

"그래 너도 수고했다. 이제 기본 수련이 끝이 났다."

환청이 들린 걸까? 수련이 끝이 난 게 아니라 기본 수련이 끝이 났다는 말은 무슨 뜻이지?

"기본 수련이라니 무슨 말이십니까?"

"말 그대로 기본 수련. 즉 초급 수련이 끝이 났다는 말이다. 너는 매번 드래고니안의 수련을 무시하는 경향이 있다."

"그러면 중급 수련과 고급 수련이 남아 있다는 말입니까?"

"당연하다."

머리가 어지러워졌고 진지하게 도망을 생각했다.

제6장
중급 수련

중급 수련은 그래도 이전까지와는 다르게 단순히 몸을 괴롭히는 수련은 아니었다. 기운을 더 자세히 이용할 수 있는 단계였다.

전투술의 기반이 되는 활용을 배우는 것이었다.

"바람의 기운을 제어할 수 있으면 이런 것들이 가능하다."

쿵!

그의 옆에 서 있던 나무 한 그루가 날카롭게 베여 쓰러졌다.

마치 칼로 두부를 썰어내듯이 나무가 잘려 나갔다.

나는 나무를 부술 수는 있어도 저렇게 날카롭게 벨 수는 없었다.

드디어 기술다운 기술을 배우는구나.

"기운을 응축시키고 응용할 수 있어야지만 비로소 기운을 제대로 활용할 수 있게 되었다고 할 수 있다. 단순히 기운을 방출하는 것은 초보 중의 초보다."

이때까지 나는 등 뒤에 초보 딱지를 붙이고 있는 갓 운전면허를 딴 사람 수준이었다.

"어떻게 그런 기운의 운용이 가능한 겁니까?"

"기운을 응축시켜야 한다. 최대한 응축시킨 기운은 마음대로 변형이 가능하다. 먼저 기운을 응축하는 것부터 시작하자."

"넵, 저는 배울 준비를 진작 마쳤습니다."

"먼저 바람의 기운을 응축하는 것부터 시작하자. 바람의 기운을 끌어 올려 손끝에 모은다고 생각해라. 그리고 상상해라. 응축된 바람의 기운을."

그의 말대로 바람의 기운을 잔뜩 끌어 올려 손끝으로 모았지만 자꾸 제멋대로 움직이는 바람의 기운을 통제하기도 바빴기에 응축시키는 것은 무리였다.

"지금까지의 수련은 기운의 응축을 위한 기본기를 배운 것에 불과하다. 이 정도도 하지 못한다면 다시 처음부터 수련을 시작하는 게 좋겠다."

미친 소리. 다시 그 지옥으로 들어갈 수는 없다. 최대한 정신을 집중해 바람의 기운을 억눌렀다. 점으로 바람의 기운을 응축하려고 했지만 그것까지는 불가능했고 덩어리로는 만들 수 있었다.

"그 정도면 충분하다. 이제 그 덩어리를 조각하듯이 원하는 모양으로 만들어보아라. 상상력이 중요한 단계다. 머리를 써라. 너도 생각을 할 줄 아는 인간이지 않은가? 몬스터가 아니라면 충분히 할 수 있다."

몬스터와 비교까지 하는 그의 말에 자존심이 상했고 나는 어떻게 해서든 바람의 기운을 통제하고 싶었다. 응축된 덩어리를 내가 원하는 칼날의 모양으로 바꾸기 위해 상상을 했다.

덩어리의 양옆을 안으로 밀어 넣어 길쭉한 모양으로 만드는 데까지는 성공했다. 이제 뭉툭한 날을 갈아야 한다. 최대한 날렵하게, 최대한 날카롭게.

점점 기운의 덩어리는 칼날의 형상을 띠기 시작했다.

"그것을 나무를 향해 던져 보아라."

어느 정도 칼날의 모습을 가지고 있는 바람의 기운을 나무를 향해 집어 던졌다.

바람의 칼날은 나무를 스치고 지나가는 것처럼 보였지만 나무 안을 통과했다.

쿵~

루카라스처럼 날카롭게 나무를 베어내지는 못했지만 그래도 잘라내기는 했다.

“처음 시도치고는 잘한 것 같지 않습니까?”

“이 정도는 어린 드래고니안이라면 1분 만에 할 수 있는 것이다. 너는 너무 느리다.”

칭찬을 받을 생각은 없었지만 이런 비난을 예상하고 한 말은 아니었다.

괜히 입술이 삐죽 튀어나왔다.

“오늘은 바람의 칼날을 계속 시전해라. 자꾸 하다 보면 칼날이 점점 날카롭게 변할 것이다. 지금의 칼날로는 나무 정도나 자를 수 있다. 나무꾼이 되는 것이 너의 목표가 아니라면 더욱 날카롭게 만들어야 한다.”

당연히 나무꾼이 내 목표는 아니다. 내 옆에 돗자리를 깔고 식혜와 초코파이를 먹고 있는 그를 두고 바람의 칼날을 만드는 것에 집중했다.

바람의 기운을 다시 덩어리로 만들었다.

그래도 한 번 성공을 했기에 이전보다는 빠르게 덩어리로 만들 수 있었다.

그리고 이제 조각을 할 때였다. 덩어리의 사방을 안으로 집어넣고 길쭉한 몽둥이를 만들어내었고 날을 갈았다. 칼을 가는 장인이 되어 날을 갈았다.

조금은 나아지긴 했지만 오십보백보였다.

바람의 칼날을 가는 수련만 20일이 넘게 하였다.

처음에는 조금 진도가 나가는 듯하다가 멈춰 버렸다.

칼날이 여전히 날카롭지 못했다. 몇 년은 사용한 식칼처럼 듬성듬성 이가 나가 있는 칼날이다.

"그렇게 느려서 중급 수련을 언제 마칠지 모르겠다. 인간의 수명이 300년이 된다면 상관은 없겠군."

특단의 조치가 필요하다. 칼을 가는 장인이 되어야 한다. 지금의 상상력만으로는 바람의 칼날을 만족스럽게 만들지 못한다.

"루카라스 님. 며칠간 따로 수련을 하고 오겠습니다. 제가 돌아오는 날 완벽한 바람의 칼날을 만들어 오겠습니다."

"개인 수련을 해도 상관은 없지만……."

그의 말줄임표가 뜻하는 바를 알고 있다.

"최대한 많은 사탕과 초콜릿을 구해놓겠습니다."

"그렇다면야."

나는 마을에 상주하고 있는 상인에게 최대한 많은 종류와 많은 양의 주전부리를 구해달라고 하고는 그 주전부리를 드래고니안에게 던져 주었다.

칼날을 갈기 위해서는 무슨 수련을 하는 것이 좋을까?

칼날을 가는 장인을 나는 알고 있었다.

그들의 조언을 듣는 것이 가장 좋은 방법일 것이다.

"오랜만이야. 요즘은 뜸해서 몬스터에게 잡아먹힌 줄 알았네."

내가 이동한 곳은 드워프 마을이었다. 드워프는 몬스터 월드에서 제일가는 장인들이다.

그들이 갈지 못하는 칼날은 없고 그들이 간 칼날은 몬스터 월드에서 가장 날카로운 칼이 된다. 그들의 조언이 지금 나에게 절실히 필요했고 나는 그들을 위해 많은 양의 마정석을 구해 왔다. 물론 직접 사냥을 한 것은 아니고 루카라스가 준 마정석을 가지고 왔다.

단것에 대한 욕심이 많은 루카라스는 심심할 때마다 몬스터 사냥을 했고 이미 지하실에는 산처럼 많은 마정석이 쌓여 있었다.

"죄송합니다. 요즘 따로 수련을 하고 있는 중이라 자주 찾아뵙지 못했습니다. 이거 받으세요."

드워프가 싫은 말을 하기 전에 얼른 보따리를 열어 마정석을 보여주었다.

이렇게 많은 마정석을 한 번에 본적은 없었겠지. 나는 등에

한 보따리, 양손에 두 보따리를 가지고 왔고 이는 드워프들의 눈이 돌아가게 하기에 충분한 분량이었다.

그들은 마정석을 이용해 용광로의 불을 키웠기 때문에 그들은 항상 마정석이 부족했다.

"이렇게 많은 양의 마정석이라면 몇 달은 농기구를 만들어야겠는데."

"아직은 농기구가 부족하지는 않습니다. 틈틈이 만들어주시면 됩니다."

"그래? 그러면 어떤 다른 물건을 만들어줄까?"

"물건이 아니라 다른 것이 필요합니다. 칼을 가는 법을 알려주십시오."

"칼을 가는 법? 이제 대장장이로 전직을 하려고?"

"그런 건 아니지만 칼날을 가는 법을 배우고 싶습니다."

"알려주는 건 어렵지 않지. 이렇게 많은 마정석을 가지고 온 손님이라면 특히 말이야."

지금까지 그들에게 마정석을 투자한 보람이 있었다. 장인들은 자신들의 기술을 알려주는 일이 드물었다.

이 모든 것이 마정석의 힘이었다.

그를 따라 대장간안으로 들어갔고 그는 칼날을 가는 시범을 보여주었다.

"단순히 칼을 간다고 생각해서는 안 되네. 상처 입은 칼날을 치료해 준다는 마음으로 임해야 한다네. 그런 생각을 한다면 칼이 지르는 소리를 들을 수 있지. 쇠의 색깔만 봐도 쇠의 상태를 알아야 하네. 온도가 적당한지, 다른 불순물은 들어가지 않았는지. 그리고 두드릴 때도 쇠가 원하는 곳을 두드려 주어야 한다네. 만약 자네가 간지러운 곳이 있어 다른 사람에게 긁어달라고 할 때 원하지 않는 곳을 긁어주면 짜증이 나겠지? 그것도 똑같다네. 칼이 원하는 곳을 두들겨 주어서야 칼날이 바르게 세워진다네."

그가 하는 말 대부분을 이해할 수는 없었지만 머릿속에 새겼다. 수십 년을 대장간에서 살아온 드워프의 말이다. 버릴 게 하나도 없다는 것을 알고 있었다.

그가 시범을 마치고 나에게 쇳조각 하나를 던져 주었다.

나는 그 쇳조각을 들고 드워프가 시범을 보였던 것처럼 따라 했다.

먼저 불에 쇳조각을 달구고 붉게 달아오른 쇳조각을 두드렸다.

쇳조각이 나에게 말을 걸어오지 않았기에 임의로 두드렸다. 조금 튀어나온 곳을 쳐 집어넣었고 어느 정도 형상을 갖춘 쇳조각을 갈기 시작했다.

숫돌에 칼날을 수백 번을 문질렀지만 칼날의 모습은 형편없었다.

"다시 해보게나. 마음에 들 때까지 계속 하다 보면 답이 나올 거야. 언제든지 이 대장간을 사용하게나. 이 대장간을 사용하는 드워프는 없으니 신경은 쓰지 말고."

쇳조각을 달구고 두드리고 갈고 다시 그 쇳조각을 달구고 두드리고 갈고.

하루 동안 수도 없이 일련의 작업을 계속했다.

여전히 볼품없는 칼날이었지만 포기하지 않고 작업을 계속했다.

하룻밤 사이에 할 수 있을 거라는 생각도 하지 않았다.

일주일 동안 매일같이 대장간을 찾아와 칼을 갈았다. 이제는 능숙하게 할 수는 있었지만 여전히 부족한 솜씨였다.

"그래도 처음보다는 많이 좋아졌네. 자네는 불과 쇠와 친한 모양이야."

불의 기운과 쇠의 기운은 내 몸 안에 충만하게 쌓여 있었으니 당연한 말이었다.

바람의 칼날을 갈기 위해 대장간에서 일했지만 오히려 불의 기운과 쇠의 기운이 조금 더 강해졌다. 하지만 이것들은 부수적인 효과에 불과했다. 내가 원하는 것은 칼을 날카롭게 가는 법이었다.

2주 동안 아무런 일도 하지 않고 대장간에서 살았다.

오늘은 유독 기분이 좋지 않았다. 대장간에서의 시간은 답답하고 힘들었다.

아무런 생각도 없이 쇠를 용광로에 달구었다. 붉게 달궈진 쇠가 앙탈을 부리기 전에 빼내었다. 지금은 두드려야 할 때다. 불게 물든 칼날이 식기 전에 두드려야 좋은 모양이 나온다.

쿵. 쿵. 쿵.

소리가 흥이 겹다. 흥겨운 소리는 망치와 모루와 칼이 만들어내었다. 그 소리를 듣고 있으니 마음이 조금 편해졌다. 답답한 마음이 가셨고 일련의 행동이 즐거웠다.

손이 저절로 움직였다. 머리가 시켜서 하는 것이 아니라 손이 절로 망치를 두들겼고 칼날을 갈았다. 칼의 목소리는 들리지 않았지만 칼이 내는 분위기가 느껴졌다.

이것이 칼날이 내는 분위기인지 기분 탓인지는 알지 못했지만 기분에 이끌려 몸을 움직였다.

"끝났다."

"오, 꽤나 잘 갈았어. 2주 한 것치고는 매우 훌륭해. 이 정도면 드워프한테는 명함도 못 내밀지만 일반 사람치고는 매우 잘한 편에 속하네."

이제야 감이 조금 잡혔다. 칼날을 가는 법이 머리가 아닌 몸으로 익혀졌다.

"감사합니다, 족장님."

나는 드워프 족장에게 감사의 인사를 전하고 드래고니안이 있는 곳으로 이동했다.

"루카라스 님. 이제 바람의 칼날을 만들 수 있을 거 같습니다."

"그래? 한번 해봐라."

곧장 바람의 기운을 끌어 올려 덩어리를 만들었다. 그리고 칼날의 형태로 만든 후 날을 날카롭게 만드는 상상을 했다. 하지만 이전과 변화가 없었다.

"할 수 있다고 하지 않았던가?"

뭐가 문제지? 분명히 대장간에서 칼날을 날카롭게 갈았다. 그렇다면 바람의 칼날도 가능해야 했다.

"다시 한 번 해보겠습니다."

조급한 마음을 가슴에서 지웠다. 다시 조용히 바람의 덩어리를 만들었다. 이 덩어리가 쇳조각이다. 그리고 용광로는 나의 손이다. 쇳조각을 예쁜 칼날의 형상으로 만들었다. 균형이 맞게 한 곳도 흐트러지지 않게 그리고 이제 칼날을 갈아야 한다. 어디 한 곳 빠지지 않고 다듬었다. 덩어리 위에 숫돌이 있다는 상상을 하며 칼날을 갈았다.

칼날이 완성이 되자 나는 나무를 향해 바람의 칼날을 던졌다.

쉬익, 쿵!

"오, 이 정도면 완벽하군."

바람의 칼날을 만들면서 처음으로 그의 입에서 칭찬의 소리를 들었다.

내가 봐도 나무는 완벽하게 잘려 나갔다. 표면에 조금의 흠도 보이지 않았다.

"이제 바람의 칼날을 만들 수 있게 되었군. 그렇다고 끝난 것은 아니지. 바람의 칼날을 만드는 데 그렇게 오랜 시간이 걸리면 사용이나 할 수 있겠나? 만드는 시간을 단축시켜라."

루카라스의 말이 맞다. 지금 바람의 칼날을 만드는 데 너무 오랜 시간이 걸렸다.

전투에서 사용할 수 있게 하기 위해서는 찰나의 순간에 만들어내어야 한다.

일련의 작업들을 자연스럽게 할 수 있게끔 연마해야 한다.

바람의 칼날을 만드는 시간을 단축시키는 수련을 한 지 일주일이 걸려서야 능숙하게 바람의 칼날을 만들어낼 수 있었다. 이제는 바람의 기운이 덩어리에서 칼날의 모습으로 변하는 데 눈 한 번 깜박일 정도의 시간이면 충분했다.

"바람의 기운을 이렇게 제어할 수 있다면 다른 것도 가능하다."

그는 바람의 기운을 칼날이 아니라 톱니바퀴 모양으로 만들어내었다.

"이런 형상을 하면 더욱 절단력이 높아진다. 그렇기에 상상력이 중요하다고 한 거다."

기운을 응축하는 것은 정말 무궁무진한 가능성이 있었다. 어떤 모양을 만들어내서 활용할 건지는 전적으로 나의 상상력에 달려 있었다.

"바람의 기운을 응축할 수 있다면 다른 기운도 마찬가지다."

그의 말대로 다른 기운도 어렵지 않게 응축하여 모양을 변화시킬 수 있었다.

처음이 힘든 것이지 두 번째부터는 일사천리였다.

"중급 수련은 이걸로 끝인 건가요?"

"중급 수련의 절반에도 미치지 못한다. 이제 응축과 변화를 할 수 있으니 다른 것을 배울 차례다."

새로운 것을 배운다는 것이 이렇게 즐거운 일인지 이제야 알았다.

학창 시절 그렇게 공부를 하기 싫어했던 내가 이렇게 의욕이 있었던 적이 있었던가?

운동을 제외하고는 공부와는 담을 쌓고 살았기 때문에 처음으로 느끼는 배움의 즐거움이었다.

* * *

기운을 응축해서 형태를 변화시키는 것만으로도 전투력에 엄청난 도움이 되었다.

단순히 기운을 쏟아내는 것을 벗어나 칼날이나 톱니바퀴를 날리는 것은 돌멩이를 던지는 것과 암기를 던지는 것 같은 차이가 있다.

하지만 드래고니안의 전투술은 여기서 한 단계 더 나아갔다.

"중급 수련의 핵심은 두 가지이다. 하나는 응축 그리고 다른 하나는 조화."

조화? 쉽게 연상이 되지 않는 단어였다. 응축을 한 기운을 어떻게 조화를 한다는 건지 쉽게 상상이 가지 않았다.

"어떻게 조화를 하는 겁니까?"

루카라스는 내가 말로 해서는 알아먹지 못한다는 것을 잘 알고 있었기에 행동으로 보여주었다. 그의 손 위에는 바람의 칼날이 생겨났고 그 칼날에 불꽃이 생겨나기 시작했다.

"이것이 가장 기초적인 기운의 조화라고 할 수 있지. 다섯 가지의 기운은 각자의 고유 성질이 있지만 조화를 이룰 수도 있다. 바람의 칼날에 불을 피우거나 물과 흙을 합쳐 단단한 벽을 세우거나 하는 방식으로 말이다."

그의 손에 이끌려 폭포에서 물이 흘러나왔고 그 물은 흙과 합쳐져 단단한 벽을 만들어내었다.

"그리고 여기에 쇠의 힘을 더한다면 더욱 단단해지겠지."

진흙 벽의 색깔이 회색으로 변했고 그냥 보기에도 뚫기 쉽지 않은 장막이 완성되었다.

나는 장막의 강도를 확인하기 위해 바람의 칼날을 날려보았고 칼날은 장막을 뚫지 못하고 막혀 버렸다.

"엄청 단단하네요. 바람의 칼날이 뚫지 못할 정도라니."

"세 가지의 기운이 합쳐진 장막이다. 웬만한 기운으로는 뚫지 못한다. 하지만 너는 가능하다. 바람의 칼날을 만들고 칼날 외벽에 쇠의 기운을 덮어씌워 보아라."

루카라스의 말대로 바람의 칼날을 만들어 그 위에 쇠의 기운을 덮어씌우려고 했지만 한 번에 성공하지는 못했다. 몇 차례 실수가 있고서야 겨우 비슷한 형태를 만들 수 있었고 그것을 장막을 향해 집어 던졌다.

쾅!

단순히 바람의 칼날을 이용했을 때보다는 더 큰 생채기를 만들어내긴 했지만 여전히 장막을 뚫지는 못했다.

"그렇게 대충 만든 것으로도 이런 효과를 내는데 완벽한 형태를 이루면 어렵지 않게 장막을 뚫을 수 있다."

이번 수련이 무엇을 하는 것인지에 대한 감이 잡혔다.

기운의 조화. 1+1은 2가 아닐 수도 있다는 의미였다.

하지만 역시 쉽지 않은 수련이었다. 한 가지의 기운을 제대로 제어하기에도 힘든데 동시에 두 가지 기운을 사용한다는 것은 무척 힘든 일이었다. 그렇지만 시간을 투자하면 언젠가는 할 수 있을 것이다. 모든 수련이 그래왔듯이. 문득 의문이 하나 들었다.

"그러면 다섯 가지 기운을 동시에 사용하면 엄청난 능력이 발휘되겠네요."

"다섯 가지 기운을 동시에 사용하는 것이 가능하다고 보나? 엄청난 정신력과 제어력을 가지고 있지 않다면 불가능한 일이지. 단순히 다섯 가지의 기운을 동시에 사용하는 것은 어렵지 않겠지만 조화롭게 사용한다는 것은 불가능에 가깝다. 드래고니안 중에서도 다섯 가지 기운을 조화롭게 사용할 수 있는 존재는 몇 되지 않는다. 나도 네 가지의 기운을 동시에 사용할 수 있을 뿐이다. 물론 네 가지의 기운을 동시에 사용하는 드래고니안도 흔치는 않지만 말이다. 보통은 세 가지의 기운을 사용할 수 있다."

선택받은 드래고니안만이 다섯 가지의 기운을 조화롭게 사용할 수 있다는 그의 말에 승부욕이 불타올랐다. 내가 다섯 가지 기운을 사용하지 못할 이유는 없다.

"다섯 가지 기운을 조화롭게 사용하는 것을 목표로 수련에 임하겠습니다.”

“목표를 세우는 것은 너의 자유지만 가능하다고 생각하지는 않는다. 이번 수련의 목표는 최소 두 가지, 최대 세 가지의 기운을 조화롭게 사용하는 것에 초점을 두었다. 괜한 무리를 할 필요는 없다.”

루카라스의 말이 나의 승부욕에 불을 붙였다.

“지켜보십시오. 해내고 말 테니까요.”

“일단은 두 가지 기운이나 조화를 이루고 말해라.”

급히 먹는 밥에 체하는 법이다. 지금은 두 가지의 기운을 조화롭게 사용하는 데 집중을 해야 했다. 모든 것은 한 걸음씩.

수련 방법을 알려주고 나서는 루카라스는 나에게 신경을 거의 끊다시피하였다. 기운을 조화롭게 사용하는 수련은 알려준다고 해서 되는 것이 아니었고 많은 시간이 필요했기 때문이다. 한가로이 설탕물과 초콜릿을 먹고 있는 그의 모습에 배알이 꼴렸지만 묵묵히 수련을 할 수밖에 없었다.

‘먼저 바람의 칼날과 쇠의 기운을 조화롭게 하는 것부터 시작하자.’

바람의 칼날 자체만으로 엄청난 절삭력을 보였지만 거기에 쇠의 기운까지 합쳐진다면 자연계 몬스터 정도는 한 방에

보낼 살상력을 가지게 된다.

이제는 쉽게 만들 수 있는 바람의 칼날을 만들고는 그 위에 쇠의 기운을 덮어씌우기 위해 노력했다. 하지만 쇠의 기운이 오히려 바람의 칼날의 날카로움을 잡아먹고 있었다. 단지 두 기운을 동시에 사용하는 파괴력만을 가지고 있었다. 두 가지 기운을 사용하며 생기는 상승효과가 전혀 없었다.

"루카라스 님, 개인 훈련 좀 하고 오겠습니다."

이제는 대꾸도 없는 그였다. 이미 그의 보금자리에는 주전부리가 산처럼 쌓여 있었기에 그가 나에게 관심을 가지지 않고 있었다.

칼날에 쇠의 기운을 덮어씌운다. 어디서 많이 들어본 이야기였다.

"그래, 코팅."

일반적으로 쇠를 단련하고 그 위에 강도가 더 높은 재질을 코팅하여 절삭력을 높인다는 것을 어디선가 들어 알고 있었다.

칼을 가는 것도 드워프가 알고 있었으니 코팅도 드워프들이 잘 설명해 줄 수 있을 것 같았다. 나는 생각을 끊고 곧장 드워프 마을로 이동했다.

요즘 들어 자주 찾아오는 드워프 마을이었다. 족장은 마정석을 들고 오지 않은 나의 손을 멍하니 쳐다보고 있었다.

"마정석은 내일 가지고 오겠습니다."

이 마을 하고 나서야 족장의 얼굴이 풀렸다.

"그래, 마정석이 떨어지고 있다. 내일 두둑이 가지고 오너라."

드워프의 성격상 말을 돌려 하지는 않았다. 오히려 그런 그들의 성격이 마음에 들었다.

괜히 빙빙 돌려 말하는 것은 내 체질에 맞지 않았다.

"알겠습니다. 내일 두 손 가득 마정석을 가지고 오겠습니다."

"그래 두 손 가득 들고 오너라. 근데 마정석도 가지고 오지 않았으면서 무슨 일로 마을을 찾은 거냐? 이번에도 무언가를 배우고 싶은 거구나."

드워프 족장이 나의 마음을 정확히 읽고 있었다. 나는 부정하지 않고 바로 본론을 말했다.

"네, 이번에는 코팅을 하는 법을 배우고 싶습니다."

"코팅? 칼 가는 것과는 차원이 다른 고급 작업이다. 할 수 있겠어?"

"네, 가르쳐만 주시면 열심히 배워보겠습니다."

"알려주는 것은 어렵지 않지."

내 전용 대장간처럼 된 곳으로 우리는 움직였고 그는 만들어진 검 하나를 꺼내 들고는 설명을 시작했다.

"이렇게 보통 쇠로 만든 검은 강도가 좋지도 않고 금방 휘기도 하지."

쾅쾅!

그는 검을 망치로 여러 대 두드렸고 정말 검은 망치의 힘을 이기지 못하고 조금 구부러졌다.

"그래서 필요한 것이 코팅이지. 이 검 위에 강도가 높은 재질을 덮어씌우는 거지. 잘 지켜보거라. 시범은 한 번만 보일 테니."

그는 용광로에 회색 물질을 가열시켰고 단단한 모습을 유지하던 것이 오래지 않아 액체로 변하였다. 그리고 아주 조심히 검 위로 액체를 붓기 시작했다. 일정한 양을 균등하게.

족장은 장인의 면모를 다시 보여주고 있었다. 기계가 저렇게 정교할 수 있을까? 그는 손을 ㎜ 단위로 움직이고 있었다.

내가 저런 움직임을 할 수 있을 거라고는 생각되지 않았지만 해야 한다. 지금 보이는 족장의 움직임을 똑같이 복사해야만 바람의 칼날에 쇠의 기운을 코팅할 수 있다.

일련의 작업이 끝이 나고 드워프 족장은 땀을 훔치며 말했다.

"이렇게 하면 된다. 쉽지 않을 것이다. 칼을 가는 것과는 비교도 할 수 없을 정도로 정교한 손놀림이 필요하지. 대뜸 시도하지 말고 머릿속으로 상상부터 하는 게 좋다. 그리고 이 코팅 재료는 비싼 거니까 막 쓰지 말고. 검에 붙은 재질을 떼어내려면 귀찮아."

상상을 하는 것이 도움이 된다는 건지 자신을 귀찮게 하지 말라는 의미로 상상을 하라는 건지 헷갈리긴 했지만 족장의 말대로 상상부터 시작했다.

검을 모루 위에 올리고 조심히 손을 움직였다. 아주 천천히 그리고 일정하게.

하지만 수전증이 있는 것처럼 손은 미세하게 떨렸고 상상의 나래는 끝이 났다.

"쉽지 않다고 했잖아. 일단 머릿속에서 성공하면 시작하는 게 좋을 거다."

일단 해답은 찾았다. 이제는 노력을 할 순간이다. 머리가 나쁘고 재능이 부족하면 노력이라도 해야 하는 것이다. 노력도 재능이라고 믿고 있다. 내가 가진 재능은 노력이다.

하루 온종일 심상 수련을 했다. 마을에 있을 때도 밥을 먹다가도 화장실에 있을 때도 멈추지 않았다. 마을 사람들과 동생들이 나를 이상하게 쳐다봐서 날이 밝을 때는 드워프 마을에서 수련을 했고 해가 지면 마을로 돌아와 혼자 논에 숨어 수련을 했다.

노력은 배신을 하지 않는다. 하루 종일 머릿속으로 수련을 한 성과가 드디어 나타났다.

2주간의 심상 수련으로 어느 정도 자신감도 생겼다.

이제는 머릿속에서 완벽히 코팅 작업을 할 수 있었다.

"이제 실제로 해보는 거냐?"

하루 반나절을 대장간에 앉아 수련을 하는 것을 지켜본 족장이 격려의 눈빛으로 나를 지켜보고 있었다. 그에게 한 번에 성공하는 모습을 보여주고 싶었다. 그는 나의 스승 중 좋은 스승이다. 안 좋은 스승은 단것을 좋아하는 변태 드래고니안이었다.

"한번 해보도록 하겠습니다."

손을 일정하게 움직이는 것은 쉽지 않은 일이다. 손이 기계가 아닌 이상 떨림을 제어하기 힘들었다. 하지만 할 수 있다. 힘든 것과 하지 못하는 것은 다르다.

머릿속에서 수만 번 했던 작업이었기에 손이 저절로 쇠 통으로 갔고 자연스레 검 위로 쇳물을 붓기 시작했다. 눈을 뜰 필요도 없었다. 아니, 집중을 하기 위해서는 눈을 감는 것이 더 좋았다. 이미 검의 위치는 머릿속에 박혀 있었다.

최대한 천천히 그리고 균일하게.

머릿속에는 그 단어만이 떠오르고 있었다.

나는 속으로 되뇌었다.

나는 기계다. 나는 기계다. 나의 손은 ㎜ 단위로 움직일 수 있다.

작업이 끝이 나고 나는 조심스레 눈을 떴다. 그리고 바로 족장의 얼굴을 살폈다.

"이 정도면 훌륭하군. 짧은 시간에 훌륭하게 성공했어. 자네 대장장이에 소질이 있는데 정말로 본격적으로 배워보는 것이 어떤가?"

말만이라도 좋았다. 나는 코팅이 완성된 검을 들어 올렸다. 회색으로 코팅이 된 검은 정말 아름다웠다. 내가 만든 검이라고는 믿기지 않을 정도로 아름다웠고 강해 보였다.

"감사합니다, 족장님. 정말 이 은혜를 어떻게 갚아야 할지 모르겠습니다."

"은혜 갚는 게 뭐 어려운 일인가. 그냥 마정석이나 많이 들고 오면 되지."

그의 말대로 다음 날 지하실에 있는 마정석 절반을 들쳐 메고 드워프 마을로 가져다주었다.

지하실 절반을 차지하고 있는 마정석의 절반이다. 그 양은 어마어마했기에 족장의 얼굴에는 오랜만에 웃음꽃이 피었다.

"바람의 칼날과 쇠의 기운을 조화시켜 보겠습니다.

내가 온 것을 충분히 알고 있으면서도 시큰둥하게 쳐다보고 있는 루카라스 앞에서 바람의 칼날을 만들어내었다. 그리고 조심스레 쇠의 기운을 칼날 위에 코팅했다.

오랜 시간이 걸리기는 했지만 결과는 대성공이었다.

루카라스가 만들어놓은 장막을 뚫고도 한참이나 더 날아가서 사라진 바람의 칼날이었다.

"어디서 그렇게 수련을 하고 오는지는 몰라도 꽤 효과적인 수련이었나 보군. 이제 네가 선택해라. 다음 단계로 넘어갈지 아니면 조화를 더 수련할지."

이제 두 가지의 기운을 조화롭게 사용할 수 있을 뿐이었다. 아직은 부족했다. 최소 세 가지의 기운을 사용할 수 있을 때 다음 단계로 넘어가고 싶었다.

"조금만 더 시간을 주세요. 세 가지의 기운을 활용할 수 있을 때 다음 단계로 넘어가겠습니다."

"그래라. 그러면 세 가지의 기운을 활용할 수 있게 되면 찾아오거라. 아, 그리고 초코파이 다 떨어졌다. 미리미리 채워놓아라."

"네, 알겠습니다. 보금자리 가득 채워 드리겠습니다. 뿌득."

내 이빨이 갈리는 소리가 들렸겠지만 그는 아무런 신경도 쓰지 않고 마을로 돌아갔다.

분명 그에게 고마운 마음이 들어야 하는 것은 맞지만 그러고 싶지 않았다.

지옥을 선보여준 그에게 고마운 마음을 가지기에는 내가 그렇게 착하지는 않았다.

그래도 그가 부탁하는 것을 들어주고는 싶었기에 지하실에 있는 마정석을 환전해 창고 한 개 분량의 주전부리를 구입해 그의 보금자리에 채워 넣었다.

그는 무심히 그런 나를 보고 있긴 했지만 가득 쌓인 초코파이를 보며 히죽 웃는 것을 나는 놓치지 않고 보았다.

"그럼 세 가지 기운을 수월히 사용하게 되면 찾아오도록 하겠습니다."

"너무 오래 걸릴 것 같으면 중간중간 채워 넣는 것을 잊지는 말아라."

끝까지 나의 속을 긁는 루카라스였다.

제7장
고급 수련

이번 목표는 루카라스가 만든 장막이었다.

물과 흙과 쇠의 기운을 합친 그 장막을 만들어낼 수 있다면 다음 단계로 넘어가기로 마음먹었다.

하지만 그 장막을 만들기는 쉽지 않았고 머릿속에 해답이 보이지도 않았다.

그럴 때는 드워프 족장을 찾아가면 된다. 그는 내가 가지고 있는 참고서였다.

해답을 찾아내는 데 가장 큰 힌트를 주는 그런 참고서.

"오늘은 또 무슨 일로 아침부터 찾아왔어?"

"혹시 장벽 같은 것도 만드실 수 있으십니까?"

"드워프를 뭘로 보고 그런 말을 하는 거야. 우리가 단순히 쇠만 다룬다고 생각하면 오산이야. 우리는 쇠뿐만 아니라 건축에도 일가견이 있지. 우리 마을을 둘러봐. 얼마나 아름답고 견고하게 만들어져 있는가. 이 전부를 우리 드워프들이 만들었어."

확실히 드워프 마을은 견고해 보였다. 그리고 마을 주변을 둘러싸고 있는 장벽은 어떤 몬스터라도 쉽게 들어오지 못할 정도로 튼튼했다.

"그러면 장벽을 만드는 것 좀 알려주십시오."

너무 드워프에게 빌붙는다는 생각이 들긴 했지만 내가 그들에게 공급하는 마정석을 생각하면 그들이 나의 부탁을 거절하면 안 된다.

물론 이런 부탁을 하기 위해 그들에게 마정석을 공급한 것은 아니지만 세상 사는 것이 원래 주는 것이 있으면 받는 것이 있어야 한다.

"이제 하다 하다 장벽 만드는 것도 알려달라고? 하, 참 나. 그래, 알려달라면 알려주지. 안 그래도 동쪽 장벽을 수리할 생각이었는데 네가 도우면 되겠네."

"감사합니다. 열심히 배우고 열심히 돕겠습니다."

"대답은 우렁차서 좋구나."

드워프 족장을 따라 마을을 둘러싸고 있는 장벽으로 향했다. 드워프 족장의 말처럼 장벽 군데군데 금이 가 있었고 수리가 필요해 보였다.

"일단 장벽을 만들기 위해서는 적절한 비율이 필수적이지. 벽을 만들기 위해서는 일반 흙이면 안 된다. 황토 흙이 최고의 재료이지. 흙에 모래 성분이 섞여 있으면 금방 부서지고 말지. 그리고 황토 흙 안에 뼈대를 집어넣으면 된다. 흙 안에 나무 기둥을 박아 넣거나 아니면 쇠로 된 철골을 집어넣으면 되지."

족장은 능숙하게 흙으로 벽돌을 만들어 보여주었다.

"이제 어떻게 만드는지 알겠지? 그러면 만들어보아라."

나는 족장의 설명대로 벽돌을 만들었고 그의 확인을 받았다.

"그래 그렇게 하면 되겠구나. 그러면 이 장벽의 수리를 너에게 맡기마. 금이 가 있는 장벽을 허물고 새로 만든 벽돌로 쌓아 올리면 된다."

하늘을 가릴 정도로 큰 장벽이었지만 세 가지 기운을 활용할 힌트가 여기 있다고 굳게 믿고 있었기에 우렁차게 대답했다.

"알겠습니다. 맡겨만 주십시오. 최대한 빠르게 장벽을 수리하겠습니다."

"그래, 틈틈이 확인할 테니 걱정은 하지 말고."

벽돌을 만드는 것은 그렇게 어렵지 않았다. 반죽을 만드는 것을 잘 기억했기에 얼마만큼의 물을 넣어야 할지도 알고 있었다. 이제는 단순 반복 작업의 시작이었다.

하루에 수백 개의 벽돌을 만들고 부서진 장벽의 틈을 메웠다.

하루 동안 메운 장벽은 티도 나지 않을 정도였지만 허탈한 심정은 들지 않았다.

오히려 아쉬웠다. 더 많은 벽돌을 만들고 싶었기 때문이다.

벽돌을 만들고 쌓아 올리고의 무한 반복.

이 작업은 무려 3달이 지나서야 끝이 났다. 그리고 이제는 루카라스가 만든 장막을 만들어낼 자신감이 들었다.

나는 장벽이 완성되자 곧장 루카라스가 있는 곳으로 이동했고 자신 있게 말했다.

"이제 저도 장막을 만들 수 있을 것 같습니다."

"그래? 한번 해보아라."

나는 먼저 땅의 기운을 끌어 올려 땅속에 숨어 있는 단단한 황토 흙을 찾아내었다. 그리고 그 황토 흙을 물과 적절히 섞어 장벽을 만들어내었다.

"완성했습니다."

"뭐를 완성했다는 말인지 모르겠군. 이건 단순히 두 가지의 힘을 이용해 장벽을 만든 것일 뿐이다."

장벽을 만든다는 생각만 했기에 장벽에 쇠의 기운을 합친다는 생각을 미처 하지 못했다.

"괜히 기대했군."

보금자리로 돌아가려는 그를 급하게 붙잡았다.

"잠시만 기다려 주세요."

나는 장벽에 쇠의 기운을 코팅하기로 마음먹었다. 바람의 칼날에 코팅하는 작업보다 훨씬 복잡하고 많은 기운이 필요했지만 할 수 있을 것 같았다. 칼날에 코팅을 하는 작업처럼 정교하게 그리고 일정하게.

온 신경을 집중해 코팅 작업을 했고 장벽의 절반도 코팅하지 못하고 자리에 주저앉았다.

정신력과 체력의 한계가 찾아왔기 때문이다.

루카라스는 코팅된 장벽을 손으로 가볍게 두드려 강도를 확인했다.

"음, 이 정도면 부족하긴 하지만 쓸 만은 하겠군. 하지만 고작 이 정도 하고 쓰러지면 안 된다. 장벽을 완전히 둘러쌀 정도가 되면 다시 찾아와라."

체력이 떨어져 몸을 움직이기 힘들었지만 보람찬 마음에 전율이 느껴졌다.

"알겠습니다. 금방 찾아오겠습니다."

이제 기운을 좀 더 능률적으로 사용하기만 하면 된다. 이미 답은 나왔고 답을 답안지에 적기만 하면 된다.

정확히 3일이 지나고 나는 루카라스를 다시 찾아갔다.

"어떻습니까? 이제 완벽하죠?"

"이 정도면 합격 점수를 줄 수는 있겠군."

'나이스!'

속으로 환호성을 질렀다.

"이제 고급 단계로 넘어가면 되는 건가?"

"고급 단계는 어떤 수련 방식인가요?"

다섯 가지의 기운을 동시에 조화롭게 사용할 수는 없었지만 그것은 차차 수련해 나가기로 했다. 지금은 고급 수련에 대한 궁금증이 머리 안을 잠식했다.

"고급 단계는 오히려 단순하지. 전투다. 아무리 기운을 잘 활용한다고 해도 전투를 하지 못한다면 반쪽짜리지."

"전투 말입니까? 혹시 제가 루카라스 님과 전투를 벌이는 겁니까?"

"네가 나와 상대가 될 거라고 생각하는 건가? 나와 상대하려면 아직 멀었다."

솔직히 지금 나의 능력으로는 웬만한 보스급 몬스터를 찜

쪄 먹을 자신이 있었다. 자연계 몬스터는 가볍게 사냥할 수 있었다. 이런 나에게 어떤 상대를 붙이려고 하는 건지 알 수 없었다.

"일단 이리로 다가와라."

나는 아무런 의심도 없이 그의 앞으로 다가갔다.

"가장 먼저는 기본 전투 능력 향상이 목표다. 그러기 위해서는 지금 네가 가지고 있는 능력은 봉인해야 한다."

그는 나의 배 위로 손을 가져다 대었고 나의 기운은 전처럼 움직임을 잃었다.

기껏 다시 살린 기운이 봉인되어 버리자 엄청난 허탈감이 급습했다.

"기본 신체 능력만으로 오크를 사냥해라."

"그다음 단계는 무엇입니까?"

"기본 전투술이 능숙해지면 한 가지의 기운만을 가지고 오우거와 트롤을 사냥하는 거지. 그리고 두 가지의 기운을 가지고 자연계 몬스터를 사냥하고 그다음은 세 가지 기운을 가지고 다수의 자연계 몬스터를 사냥하는 거지. 그 단계가 지나면 봉인을 풀고 나와 대련을 하는 거다."

"이 모든 것을 어린 드래고니안들이 한다는 말씀이십니까?"

"당연하다. 어린 드래고니안이라고 해도 드래고니안이다.

기운을 봉인당했다고 해서 오크를 이기지 못할 리가 없다."

"근데 저는 인간입니다."

"인간도 충분히 할 수 있다."

"그런 전례가 있습니까?"

"인간을 가르친 드래고니안은 아마 내가 처음일 것이다. 전례는 없다."

나를 높게 평가해 주는 그의 말이 고맙긴 했지만 목숨이 간당간당해지는 느낌을 강하게 받았다.

"일단 저 동굴로 들어가 있어라. 내가 직접 대결 상대를 데리고 와주마."

전혀 고맙지 않은 그의 말이었지만 들을 수밖에 없었다.

동굴 안에 들어가 있은 지 몇 분도 되지 않아 정말 드래고니안은 오크 한 마리를 동굴 안으로 집어넣고는 입구를 닫았다.

오크는 갑작스레 잡혀 온 연유를 몰랐기에 분노하고 있었다. 그의 분노를 풀 상대는 이 동굴 안에 나 말고는 없었다.

"꾸웩~"

기운이 봉인당하면서 능력도 봉인당했기에 나는 오크가 무슨 말을 하고 있는지 알아들을 수 없었다

이제는 몸으로 대화를 시도하는 수밖에 없었다. 피와 살이 튀는 그런 대화를 말이다.

오크를 몇 번이나 상대해 본 경험이 있었다.

오크의 움직임은 익숙했고 그의 공격을 충분히 예상할 수 있었다.

오크가 육중한 주먹을 휘둘렀고 어렵지 않게 피해내며 그의 옆구리에 주먹을 찔러 넣었다.

하지만 아무런 기운도 실려 있지 않은 주먹이었기에 오크에게 치명상을 입힐 수는 없었다.

한 방이 안 되면 여러 방을 날리는 수밖에 없다.

오크의 근육 움직임에 집중하면 충분히 그의 공격을 피할 수 있다.

태권도 대표 시절 이런 훈련을 수도 없이 받았다.

작은 움직임에 반응해서 공격을 피해내고 틈을 찾아내 공격하는 법은 익히 알고 있었기에 한 대도 허용하지 않고 몇 번의 주먹과 발차기를 오크의 몸에 적중시킬 수 있었다.

기운이 봉인되었다고는 하지만 일반 사람보다는 훨씬 강한 힘을 가지고 있는 나의 공격이었기에 오크의 몸은 점점 둔해지고 있었다.

그리고 마무리 공격으로 그의 머리가 돌아갈 정도로 강한 회축을 그에게 꽂아 넣었다.

"끝났습니다, 루카라스 님."

굳게 닫혀 있던 동굴의 입구는 열렸다.

"생각보다 일찍 끝냈군. 전투 센스가 생각보다 뛰어나군. 기다려라, 곧바로 오우거 한 마리를 잡아 오겠다."

오늘 하루 동안 동굴 안에서 전투를 벌인 상대는 오크와 오우거 그리고 트롤이었다.

하루에 3마리를 상대할 수 있을 거라고는 나조차도 기대하지 않았었다.

하지만 생각보다 몬스터를 상대하는 것이 어렵지 않았다.

그동안의 전투들이 나를 성장시켜 놓았다.

일단 몬스터에 대한 두려움이 전혀 없었기에 그들을 냉정하게 상대할 수 있었다.

더는 일반 몬스터와 전투를 벌일 필요를 못 느꼈는지 루카라스는 나를 바로 자연계 몬스터가 있는 곳으로 데려갔다.

자연계 몬스터도 마찬가지로 어렵지 않은 상대였다.

나는 바람의 기운만을 쓸 수 있었지만 적절하게 바람의 칼날을 자연계 몬스터의 급소에 찔러 넣으며 어렵지 않게 사냥에 성공할 수 있었다.

그리고 두 개의 기운을 사용하여 다수의 자연계 몬스터를 사냥하는 것도 얼마 걸리지 않아 성공했다.

"곧장 나와 대련을 해도 손색이 없겠군."

드디어 그와 대련을 하게 되었다. 처음 그를 만났을 때가 기억났다. 거대한 기운에 몸에 힘이 쑥 빠졌었다. 하지만 지금은 달랐다. 그를 자주 봐서 익숙했기도 했지만 충분히 견딜 수 있는 기운이다. 물론 그는 여전히 높은 벽이었지만 오르지 못할 정도는 아니라고 느껴졌다.

"그럼 잘 부탁드리겠습니다."

나는 바로 검을 꺼내 들었고 검 면에 불의 기운과 쇠의 기운을 덮었다.

그는 아무런 준비 동작도 하지 않고 있었다. 나를 만만하게 보고 있는 거겠지.

"제가 먼저 가겠습니다."

방심하고 있는 지금이 아니라면 그의 얼굴에 주먹을 날릴 기회는 없겠지.

무방비로 있는 그의 얼굴에 잽싸게 주먹을 날렸다.

하지만 주먹은 공기만을 가르고 말았다.

"빠르기는 하지만 아직 부족하군."

"이제 시작입니다. 아직 몸도 덜 풀렸습니다."

땅의 기운과 물의 기운을 합쳐 그가 밟고 있는 땅을 진흙탕으로 만들어 그의 균형을 뺏으려고 했지만 그는 여유롭게 하늘로 날아올랐다.

급히 기운을 회수하고 나도 그를 따라 하늘로 날아올랐다.

거리가 있는 그를 공격하기 위해 바람의 칼날 코팅 버전을 날렸다.

펑!

그는 그제야 손을 들어 보였다.

그가 들어 올린 손에는 바람의 막에 쇠의 기운이 섞여 있었고 바람의 칼날이 그곳에 박혀 있었다.

"이제 바람의 칼날은 아주 능숙하게 사용하는군."

그의 말투가 매우 거슬렸다. 수백 대를 맞더라도 그의 얼굴에 꼭 한 방을 꽂아 넣고 싶었다.

그에게 다가가기 위해 비행 속도를 높였고 그는 발을 가볍게 굴렀다.

그러자 나의 머리 위로 강한 압박이 느껴졌고 비행 속도는 현저히 느려졌다.

멈춰 서다시피 하는 나의 주변에 여러 개의 바람의 칼날이 생겨났다. 모두 코팅이 완료된 강화된 바람의 칼날이었다.

나는 고작 하나의 바람의 칼날을 만들 수 있었지만 그는 4개의 바람의 칼날을 만들어 나를 위협했다. 확실히 그와 나의 실력 차이를 느낄 수 있었다.

바람의 칼날을 피하면서 그에게 공격을 넣을 방법은 없었다. 나는 급히 땅으로 내려와 나를 따라 내려온 바람의 칼날들을 장벽을 만들어 막아내었다.

"이 정도 공격 정도는 충분히 막을 수 있습니다."

퍽!

말이 끝나기도 전에 뒤통수에 강한 충격이 느껴졌다. 루카라스의 주먹이 나의 머리를 강타한 것이다. 아려오는 뒤통수를 매만질 틈도 없이 다음 공격을 피해야 했다.

바닥에서는 올라오는 기운과 사방을 위협하는 바람의 칼날 그리고 폭포수에서 끌어온 물들이 강한 회오리가 되어 나에게 다가오고 있었다.

"으아아아!"

최대한 막아낸다고 막았지만 모든 공격을 막을 수는 없었고 한 방을 허용하였다. 순간 나는 몸의 제어권을 잃어버렸고 이제는 일방적인 구타가 시작되었다.

한참이나 내 몸을 두드린 그는 싫증난 표정으로 말했다.

"내일은 더 발전된 모습이었으면 좋겠군."

재수 없는 그의 얼굴에 주먹을 꼽아 넣지 않고는 화가 가시지 않을 것 같았다.

내일은 꼭 성공하고 말 거다.

나의 승부욕이 불타올랐다.

제8장
일본 몬스터 범람

마정석을 구하기 위해 사냥을 하는 것을 제외하고는 1년이라는 시간을 루카라스와 대련을 하며 보내었다.

이제는 일방적으로 구타를 당하지는 않을 정도가 되었다. 박빙은 아니지만 루카라스도 이전처럼 여유 있게 나를 상대하지는 못했다.

오늘도 그에게 이기지는 못했지만 어제보다 나아진 실력에 만족하며 마을로 돌아왔다.

마을은 이제 이전의 모습을 찾아볼 수 없을 정도로 변해 있었다.

상인 협회에서는 마을에 아예 상점을 하나 세워놨다. 내가 VVIP 이상의 매출을 올려주었기 때문이다. 마을 사람들에게 필요한 필수품을 제외하면 모두 루카라스의 뱃속으로 들어가는 단 음식을 구매해서 이룬 성과였다.

하지만 문제가 없는 것은 아니었다.

대구에서, 아니, 전국에서 유일하다시피 살기 좋은 마을이었기에 도둑들과 약탈자들이 꾸준히 마을에 침입했다. 내가 있을 경우는 그들의 기운을 감지해서 마을로 들어오기도 못하게 했고 내가 없을 경우에는 이자벨이 그들을 쫓아내었다.

이런 경우는 오히려 문제가 되지 않았다. 눈물을 호소하며 살려달라고 하는 일반 사람들이 점점 마을 앞에 진을 치기 시작했다. 이미 마을 사람들은 배를 곯아본 기억이 나지 않을 정도로 풍족한 음식을 누렸기에 그들의 마음 한편에 동정심이라는 단어가 생겨났다.

소수의 사람들이 저들을 받아들이자는 의견을 내놓았고 다수의 사람들이 안 된다는 입장을 보였다. 하지만 소수에 불과했던 사람들이 점점 늘어나면서 이 일은 결국 마을 회의까지 해야 될 정도로 커져 버렸다.

마을에 잔치가 있을 때나 농번기에 같이 식사를 하기 위해 만들어놓은 마을 식당에 마을 사람들 전부가 모였다. 두 분의 교수님이 주체가 되어 마을 회의가 시작되었다.

"모두들 오늘 모인 이유를 잘 알고 계실 거라고 생각합니다. 지금 마을 앞에는 무수히 많은 사람들이 굶어 죽고 있습니다. 그들을 마을로 받아들일 건지 아니면 이대로 둘지에 대해 회의를 시작하도록 하겠습니다."

사회학을 전공했던 김 교수는 일부의 사람들이라도 마을로 받아들이자는 입장이었다.

"이렇게 갇혀 있는 마을은 결국은 도태되고 폐쇄적인 성향으로 바뀌게 됩니다. 그것을 막기 위해서라도 일부 사람의 유입이 필요합니다."

김 교수의 의견을 반대하는 한 아주머니가 일어나 말했다.

"하지만 그들이 어떻게 할지 몰라요. 그들이 들어오면서 범죄가 생길지도 모르고 싸움이 생길지도 모르는 거 아닌가요?"

두 명의 말이 모두 다 틀리지는 않았다. 아무리 내가 마을만을 중요시 여기기는 했지만 눈앞에서 굶어 죽어가고 있는 사람들을 모른 척할 정도로 차가운 사람은 아니었다.

심각한 표정으로 앉아 있던 신 교수가 입을 열어 자신의 의견을 말했다.

"물론 김 교수의 말이 틀리다고는 생각하지 않네만. 한번 받아들이기 시작하면 대구에 있는 모든 사람들이 우리 마을 앞에 진을 치게 될지도 모른다네. 그것은 어떻게 할 생각인가? 일부의 사람들이야 충분히 우리 마을에서 감당이 되지만 그 이상은 힘들어."

갑론을박이 펼쳐졌다. 누구의 말이 맞는지 아무도 모르는 상황에서 서로 자신의 의견의 타당성을 말했지만 의견의 차는 좁혀지지 않았다.

"새로운 마을을 하나 만들죠. 그들이 우리의 울타리가 되어줄 겁니다. 농사를 짓기 위한 기본 도구와 씨앗만을 제공하고 땅의 개간과 농사는 그들이 직접 짓게 하는 겁니다. 물론 씨앗과 농기구는 제가 제공하겠습니다."

"그거 나쁘지 않군. 농기구야 마을에서 남거나 녹슨 농기구 주면 되는 거고 씨앗이야 각 집에서 조금씩 모으면 되지 않겠나?"

"그러면 집은 어떻게 할 건가요? 집도 그들 스스로 짓게 해야 할까요?"

"그래야지. 우리는 최소한의 도움만을 줘야 해. 많은 도움을 주는 순간 그들이 우리에게 오히려 고마움을 느끼지 않고 당연하게 생각하게 될 거야. 그리고 새로운 마을의 위치는 우리 마을과는 떨어진 곳으로 해야겠지."

하나, 새로운 마을을 만들어서 지금의 문제를 해결한다.

둘, 우리 마을 앞에서 진을 치는 사람은 새로운 마을로 입주가 불가능하다.

셋, 그들의 생활을 우리가 간섭하지 않고 그들도 우리에게 새로운 도움을 바라지 않는다.

이것이 이번 회의를 통해 나온 결과였다.

새로운 마을을 만들기 위해서는 그 땅에 대한 소유권이 걸림돌이 되긴 했지만 그 문제는 지부장과 상의하기로 했다. 내가 그 땅을 사기에는 필요 이상의 지출이 나가는 것이었고 정부에서 그들에게 거주권을 주는 방향으로 하는 것이 가장 적당했다.

"그러면 그 문제는 그렇게 하겠습니다. 두 분 교수님은 저와 함께 마을 앞에 있는 사람들에게 이 얘기를 통보하러 같이 가주셨으면 합니다."

두 분 교수님을 모시고 마을 앞으로 나가자 진을 치고 있던 사람들이 우리의 모습에 벌 떼처럼 달려들었다.

웅성웅성.

시끄러운 소리가 퍼져 나왔다. 살려달라고 소리치는 사람도 있었고 눈물을 흘리는 사람들도 여럿 보였다.

"조용히 해주세요."

바람의 기운이 포함된 목소리였기에 시끄러운 소리를 뚫고 사람들의 귓속에 직접 전달되었고 웅성대는 그들이 입이 조용해졌다.

"일단 우리가 해줄 수 있는 것들에 대해서 말하겠습니다.

농사를 짓기 위한 기본 도구들은 제공해 드리겠습니다. 물론 전부는 아니겠지만 최소한의 도움은 될 겁니다. 농기구와 씨앗 정도만을 제공할 생각입니다. 그리고 여러분들이 거주할 곳은 이 마을이 아니라 떨어진 곳으로 지정해 드리도록 하겠습니다."

"아니, 우리를 그냥 이 마을에 살게 해주세요. 이렇게 새로 땅을 개간하고 농사를 하라는 말은 우리보고 죽으라는 말입니다. 그냥 함께 살게 해주세요."

"맞습니다. 지금 대구에서 이 마을보다 잘사는 마을은 없습니다. 우리도 그럴 권리가 있습니다."

그들에게 권리가 있었던가? 나는 아무리 생각해도 그들의 말을 이해할 수가 없었다.

"무슨 권리를 말하는 겁니까? 당신들이 왜 이 마을에 살 권리가 있다는 것입니까?"

"같은 대구 사람 아닙니까. 당연히 동향 사람들끼리는 돕고 살아야 되는 거 아니겠습니까? 여러분."

"맞습니다. 당연하지요."

이건 그냥 어거지였다. 7살 먹은 아이도 이런 고집은 부리지 않을 것이다.

"우리는 당신들을 도울 의무가 전혀 없습니다. 정부 청사에 가서 그런 말을 하세요. 우리가 드리는 최소한의 도움이 필요 없다면 더는 말을 할 필요가 없겠군요."

그들의 투정을 더 듣고 싶지 않았다. 몸을 돌려 마을로 돌아가려고 할 때 한 명이 소리쳤다.

"저희 가족은 새로운 마을로 이주하겠습니다."

나이에 비해 주름이 가득한 얼굴을 한 40대의 남자였다. 그의 뒤에는 부인과 한 명의 아들이 그의 옷깃을 잡고 있었다.

"여기 이름을 적으세요."

준비한 펜과 노트를 꺼내 그에게 건네었고 그는 자신의 가족의 이름을 적었다.

그를 지켜보는 사람들은 얼른 손을 들고 자신의 이름을 적기 시작했다.

아직도 투정을 부리고 있는 사람들이 더 많았지만 그들을 책임져 줄 의무는 나에게 없었다.

그들의 이름이 적힌 노트를 들고 지부장에게 찾아갔다.

지부장은 어렵지 않게 나의 부탁을 들어주었고 그들이 살 만한 장소를 물색해 주었다.

그는 적극적으로 나를 도왔고 지부장 밑에 있는 여러 공무원들이 그들을 새로운 마을로 이동시켰다.

아직 마을 앞에 진을 치고 있는 사람들은 강제로 추방했다. 공무원들은 이런 일이 익숙한 듯 그들을 매몰차게 쫓아내었고 나는 그 모습을 지켜보기만 했다.

단지 마을 사람들과 편안히 살고 싶은 것일 뿐인데. 그것이 쉬운 일이 아니었다.

투정을 부리는 사람들 덕분에 골치가 아파왔는데 새로운 골칫거리가 마을을 방문했다.

"도와주십시오."

마을을 방문한 그들은 일본 헌터들이었다. 나와 싸운 경험이 있는 헌터들과 통역사로 보이는 사람이 마을을 찾아와 무릎을 꿇고 있었다.

갑자기 찾아와 도와달리니. 두통이 더욱 심해졌다.

"갑자기 무슨 말입니까? 도와달라니?"

나의 말을 통역사가 일본 헌터들에게 전했고 통역사의 입에서 대답이 나왔다.

"지금 일본에 몬스터 범람이 일어났습니다. 거기서 나온 몬스터를 일본 헌터만으로는 상대할 수가 없습니다. 도와주십시오."

"아니, 일본에는 SS급 헌터도 있는데 왜 상대를 하지 못한다는 겁니까."

한국까지 찾아와 욕심을 부리던 그들이었다. 그들을 도와주고 싶은 마음이 생길 리가 없었다.

"SS급 헌터들과 다른 헌터들이 힘을 합쳐 상대했지만 피해만 커지고 있습니다. 이미 도쿄 전역이 불바다로 변했습니다."

"그걸 왜 저한테 말하는 겁니까. 한국 헌터 협회에게 도움을 요청하세요."

"이미 세계 모든 헌터 협회에게 도움을 요청했지만 거절을 당했습니다. 한국과 중국 그리고 미국의 헌터 협회는 분명한 거절의 의사를 밝혔습니다."

"아니 다른 나라 정부에서도 거절한 일을 왜 저한테 부탁하시는 겁니까."

"다수의 몬스터들은 저희 헌터들이 충분히 상대할 수 있습니다. 하지만 그들의 우두머리로 보이는 몬스터는 도저히 상대가 불가능합니다. 추용택 님의 능력이라면 충분히 상대가 가능하다고 생각되어 도움을 요청드립니다."

그들은 나와 대련을 하며 나의 능력이 SS급 헌터보다 뛰어나다는 것을 알고 있었다.

하지만 그때 내가 보인 힘은 SS급 헌터 두 명도 상대하지 못할 정도의 힘이었다.

그런데 그들은 일본에 있는 헌터들이 상대하기도 힘든 몬스터를 나보고 대신 상대해 달라고 한다. 한마디로 무덤을 파 놓았으니 들어오라는 말이다.

"제가 상대할 수 있을 거라고 생각하고 이런 부탁을 하시는 겁니까? 제 능력이 일본에 있는 모든 헌터를 합친 것보다 강하다고 생각하는 건 아니겠죠?"

"그런 건 아닙니다. 물론 추용택 님이 일본에 있는 어떤 헌터보다 강하다는 것을 알고는 있지만 어떻게 저희가 그렇게 무리한 부탁을 드리겠습니까. 저희 헌터들과 힘을 합쳐 그 몬스터를 사냥해 주십시오."

이래나 저래나 목숨을 담보로 도와달라는 말이었다.

그들이 내가 가진 힘을 모르고 하는 말이었기에 더욱 도와주고 싶은 마음이 들지 않았다.

"다른 나라 헌터 협회에 요청을 하세요. 제가 개인적으로 도와줄 수 있는 일이 아닌 것 같습니다."

일본 여행을 한 번도 가본 적은 없었지만 지금 가고 싶은 마음은 전혀 없었다.

지옥으로 변한 일본을 여행할 이유가 없다.

"우리가 준비한 선물을 받아주십시오."

그들은 준비한 상자에서 보기에도 비싸 보이는 여러 물건들을 꺼내었고 뒤편에 고개를 숙이고 있던 여자 헌터가 그 물건을 들고 나에게 다가왔다.

"필요 없습니다. 돌아가세요."

내가 아무리 외쳐도 묵묵부답이었다.

그들의 무릎이 펴지지 않고 있었다.

"그러면 제가 돌아가겠습니다."

나는 그들을 뒤로하고 마을로 돌아갔다. 그런데 유일하게 무릎을 펴고 나의 앞에 선물을 가지고 왔던 여자 헌터가 나의 뒤를 좇아왔다.

"왜 따라오는 거죠?"

"저 또한 선물입니다."

약간은 어눌한 발음이었지만 충분히 알아들을 수 있는 한국말이 그녀의 입에서 나왔다.

"선물을 받을 생각이 없습니다. 더군다나 사람을 선물로 받을 수는 없습니다."

"저를 받으시지 않으신다면 저는 어차피 죽는 목숨입니다."

"죽는다니 무슨 말입니까?"

"저를 받아주시지 않는다면 저는 죽어야 합니다. 그렇게 길러져 왔습니다. 한 사람을 위한 선물로 길러져 왔기에 버림받는 순간 제 가치는 없어집니다."

D급의 각성자이긴 했지만 그녀도 각성자였다. 그런 그녀를 죽인다는 것이 쉽게 이해가 가지 않았다.

"도저히 이해할 수가 없군요. 어느 나라가 각성자를 그렇게 쉽게 죽인다는 말입니까."

"다른 나라의 사정은 잘 모르지만 저는 그렇게 태어났고 길러져 왔습니다. 제발 저를 버리지 말아주세요."

사슴 같은 눈망울에서 금방이라도 눈물이 쏟아질 것 같았다.

약식 기모노는 그녀의 곡선을 그대로 드러냈고 가녀린 뼈대와는 달리 굴곡진 몸매를 가지고 있는 그녀였다. 그리고 모든 남자들이 좋아할 만한 미모를 가지고 있었다.

"전 모르겠습니다. 알아서 하세요."

눈물이 맺혀 있는 미녀의 얼굴을 보면서 모질게 말할 수는 없었기에 고개를 돌려 버렸다.

그리고 마을로 걸어갔고 그녀는 여전히 나의 뒤를 쫓아왔다.

"형 이 언니 누구야? 예쁘다."

"안녕하세요. 카린이라고 불러주세요."

그녀는 살갑게 동생들을 대했고 동생들은 그녀를 너무나 좋아했다.

"제가 식사를 준비하겠습니다."

"오빠, 이 언니 음식 정말 잘해요."

같이 부엌으로 들어갔던 소은이가 자랑하듯이 말했다.

점심을 먹는 동안 동생들의 입안으로 음식을 넣어주는 그녀였고 동생들의 얼굴에는 미소가 가득했다.

너무 한순간에 당한 일이다. 나는 차마 그녀를 거절하지 못했고 그녀는 그 틈을 놓치지 않고 동생들의 마음을 얻어내었다. 그녀가 가진 능력은 D급에 불과했지만 그 능력은 정신계 능력이었고 매력을 높여주었다. 그녀를 처음 보는 사람은 그녀에게 금방 빠져들게 되는 것이다. 하지만 그녀가 고의적으로 능력을 방출하는 것은 아니었기에 막을 정도는 아니었다.

여자의 손길이 그리웠던 것일까?

엄마의 존재가 필요했을 것이다. 마을 아주머니들이 동생들을 보살피긴 했지만 부족했을 것이다.

동생들을 보살펴 주는 사람이 필요하긴 했다. 돌아가면 죽는다는 말이 거짓으로 느껴지지는 않았다. 동생들이 저렇게나 좋아하는 그녀를 죽게 하고 싶은 마음은 들지 않았다.

하루 동안 그녀와 동생들은 친가족처럼 친해져 버렸다.

그들을 떼어놓기가 더욱 힘들어져 버렸다.

나는 생각을 정리하고 마을 입구에서 하루 동안 무릎을 꿇고 있는 일본 헌터들에게로 갔다.

내가 도착해도 그들은 여전히 무릎을 꿇고 고개를 숙이고 있었다.

그들의 절심함이 느껴졌다.

"일어나세요."

"저희는 일어날 수 없습니다. 어찌 국민들이 죽어가고 있는데 저희만 편히 있을 수 있겠습니까."

일본의 헌터 협회가 우리나라 정부보다 낫다고 생각되었다.

그들은 일본 국민들에 대한 걱정이 가득했고 진심이었다.

"이제 일어나셔도 괜찮습니다. 제가 일본으로 갈 거니까요."

그들의 표정이 바뀌었다. 연신 고맙다는 말을 하는 그들을 억지로 일으켜 세웠다.

"언제 출발하면 되는 거죠?"

"이미 배는 출항 준비가 끝났습니다. 부산으로 내려가서 배를 타고 이동하시면 됩니다."

"그러면 준비가 되는 대로 돌아오겠습니다."

*　　*　　*

준비라고 할 것은 별로 없었다.

동생들에게 말하고 루카라스에게 간단한 통보를 하는 것을 끝으로 일본 헌터들과 합류하여 부산으로 내려갔다.

그들은 어디서 구했는지 고급 세단을 가지고 왔고 부산항까지 2시간도 걸리지 않아 도착할 수 있었다.

오랜만에 보는 부산의 모습에서 한국 제일의 관광지의 모습은 전혀 보이지 않았다.

활기는 사라졌고 사람들은 무기력했다.

서울 다음으로 많은 몬스터 도어가 생겨난 곳이었지만 방위 시설이 약했기에 가장 많은 피해를 입은 지역이기도 했다.

복구할 생각도 들지 않을 정도로 처참히 무너져 버린 건물들이 도시의 희망을 앗아 갔다.

차 창문으로 보이는 부산의 빌딩 잔해를 지나쳐 부산항에 도착했고 부산항의 상황도 좋아 보이지 않았다.

부서진 부산항에 겨우 공간을 찾아 정착한 일본의 배를 타고 일본으로 이동했다. 배 안에서는 아무도 말을 꺼내지 않았다. 내가 먼저 물어보지 않는 한 그들이 입을 열 것 같지 않았다.

정원이 20명도 되지 않는 배였기에 꽤나 빠른 속도로 이동했고 하루가 걸려 일본에 도착할 수 있었다.

배가 정박할 수 있는 항구는 오사카가 유일했기에 오사카항으로 배는 정박했다.

도착한 일본의 모습은 내가 상상하는 모습과 사뭇 달랐다.

한국처럼 부서진 빌딩과 무기력한 사람들의 모습이 가득할 거라고 생각했었지만 그렇지 않았다. 낮은 건물들이었지만 이미 도시는 복구가 되어 있었고 사람들의 표정도 활기차지는 않았지만 그래도 희망은 잃지 않은 표정이었다.

"일본은 피해가 크지 않았나 봐요?"

"그렇지 않습니다. 오히려 섬이라는 지리적 요건 때문에 한국보다 더 심한 피해를 입었습니다."

"그런데 이렇게 빨리 복구를 할 수 있었던 겁니까?"

"몬스터 범람이 일어나고 몇 년이나 지났습니다. 당연히 이 정도는 복구하는 것이 정상입니다. 이미 미국이나 유럽은 대도시의 복구가 어느 정도 끝이 났다고 합니다."

통역사의 말은 여기서 끝이 났지만 그의 표정에서 더 하고 싶은 말이 있다는 것을 알았고 그것이 아직 복구를 시작도 하지 않는 한국에 대한 이야기일 것이라는 것을 어렵지 않게 유추할 수 있었다.

확실히 한국 정부는 무능했다. 몬스터 범람이 있은 후 사후처리에 대해 지지부진했고 의욕도 없었다. 자신들에게 이득이 되지 않는 일은 하지 않고 있었다. 국민들이 불만을 가지면 억압하기만 했다.

우리나라와 사정이 다른 일본의 모습이 부럽기까지 했다.

"오사카에서 잠시 휴식을 취하고 도쿄로 출발하도록 하겠습니다. 그전에 간단한 설명을 드리겠습니다."

통역사의 주변에는 어느새 일본의 헌터들이 모여들었고 작은 화이트보드가 손에 들려 있었다.

"지금 도쿄에 위치하고 있는 몬스터 도어는 한국으로 치면 B급 몬스터 도어입니다. 여기서 나온 몬스터는 오크와 오우거가 대부분이긴 하지만 그들을 지휘하는 몬스터가 있습니다. 몬스터와 대대적인 전투를 벌이는 장소에 그 몬스터가 나타나 우리의 작전을 어김없이 무너뜨렸습니다. 그 몬스터만 없으면 다른 오크와 오우거는 어렵지 않게 상대할 수 있습니다."

"그 몬스터가 어떤 모습을 하고 있나요?"

"와이번과 드레이크의 모습을 하고 있기는 하지만 그 덩치가 몇 배는 큽니다. 그리고 입에서 화염 브레스를 쏘아냅니다."

통역사의 말을 듣자 그 몬스터의 정체에 대해 알 수 있었다.

드레이크가 자연계의 기운을 받아들여 변종으로 변한 것이 분명했다.

그렇지만 그들이 몬스터 도어를 통해 인간 세계로 나왔다는 것은 몬스터 도어를 관장하는 보스급 몬스터가 흉포한 성질을 가지고 있다는 뜻이었다.

자연계 몬스터를 내가 충분히 상대할 수는 있었지만 그를 잡는다고 해서 끝이 날 것 같지는 않았다.

지금 도쿄를 장악하고 있는 몬스터들을 다 사냥해도 조만간 다른 몬스터들이 도쿄에 있는 몬스터 도어를 통해 모습을 드러낼 것이다.

'내가 그런 것까지 걱정할 것은 없지.'

그들이 나에게 부탁을 한 것은 자연계 몬스터에 대한 부분이었다.

나는 그것만 처리해 주면 되는 것이다.

차후 생길 문제는 그들이 해결해야 한다.

B급 몬스터 도어에 들어가 보스급 몬스터를 사냥하는 것은 어쩌면 지금의 나의 능력으로도 가능할 수 있다. 하지만 그 보스급 몬스터가 루카라스 급의 몬스터라면 당하는 것은 오히려 내가 될 것이다.

그런 위험을 초래할 이유는 없다.

"알겠습니다. 그러면 저는 몬스터들과 일본 헌터들의 싸움이 대대적으로 펼쳐지는 곳에 대기를 하고 있다가 그 몬스터가 나오면 상대하면 되겠군요."

"그렇습니다. 일반 전투까지는 참여하지 않으셔도 됩니다."

호텔이라고 하기에는 작은 규모의 숙박시설에서 몸을 씻고 피로를 풀었다. 몇 시간 되지 않는 휴식 시간이지만 오랜만에 제대로 된 숙박시설이었고 일본 특유의 정취가 느껴졌기에 신기한 마음이 들어 이곳저곳 둘러보았다.

다른 일본 헌터들은 앞으로의 전투를 위해 방에서 나오지 않고 휴식만을 취했다.

3시간의 짧은 휴식 시간이 끝이 나고 우리는 곧장 차를 타고 몬스터 방어 시설이 위치한 사이타마로 향했다. 사이타마에 임시 본부가 만들어졌고 일본 전역의 헌터들이 사이타마에서 전투를 준비하고 있다고 하였다.

7시간이 넘는 시간을 차 안에서 보내야 했기에 억지로 눈을 감아 잠을 청했고 한번 빠져든 잠은 쉽게 깨어나지 않아 사이타마에 도착해서야 눈을 떴다.

"도착했습니다, 추용택 님."

통역사의 안내를 따라 임시 본부가 설치되어 있는 곳에 내렸고 수천 개의 천막이 눈에 들어왔다. 천막 안에는 일본 헌터들이 몸을 녹이고 있었다. 그들의 표정은 지금까지 보아왔던 일반 사람들보다 오히려 어두워 보였다. 아직 도쿄 이외의 지역 사람들에게는 몬스터 범람에 대한 정보를 주지 않았기 때문일지도 몰랐다.

우리는 천막 위에 깃발이 세워져 있는 곳으로 이동했고 그곳이 지휘관의 막사라는 것을 어렵지 않게 알 수 있었다.

막사 안에는 스킨헤드를 하고 있어 정확한 나이를 파악할 수 없는 장교복을 입고 있는 사람을 필두로 7명의 사람이 있었다.

모두 헌터였다. 최소 A급 이상의 헌터들이 이 막사에 모여 있었고 나와 상대를 했던, SS급을 위시한 헌터들 또한 막사 안에 있었다.

그들은 나의 모습을 발견하고는 고개를 숙여 인사를 했고 나도 가벼운 목례로 그들에게 알은척을 했다.

일본 말로 하는 회의였고 통역사가 통역을 열심히 해주기도 했지만 알아듣기 어려운 부분이 많았다. 내가 굳이 이 회의에 참석해야 하는가 하는 의문까지 생겼다.

조용히 통역사에게 숙소로 가서 기다려도 되는지에 대해 물었고 통역사는 쉽게 대답을 하지 못했다. 자신이 선택할 수 있는 문제가 아니었고 이 말을 전하기에는 심각한 표정으로 회의를 하고 있는 고위급 헌터들에게 미안했기 때문이었을 것이다.

"괜찮아요. 그냥 앉아서 기다리죠 뭐."

이곳에 오기까지 나를 극진하게 대했던 그를 불편하게 만들고 싶지 않았다.

"추용택 님. 지휘관님이 그 몬스터를 상대할 수 있는지에 대해 물어보고 있습니다. 상대할 수 있다면 어떤 방식으로 상대를 할 건지, 몇 명의 헌터들이 지원을 해야 하고 어떤 특수능력이 필요한지에 대해 물어보고 있습니다."

막사 안에 있는 사람 전부가 나를 뚫어져라 쳐다보고 있었다.

그들의 눈빛이 부담스러웠기에 자리에서 일어났다.

마치 취조를 당하는 느낌이 조금 들었다.

내가 왜 이 먼 곳까지 와서 이런 눈빛을 받아야 하는 거지?

"제가 하는 말 잘 통역해 주세요. 정확히 해주셔야 합니다."

통역사는 고개를 끄덕이며 나의 입에 집중했다.

"저 혼자면 충분합니다. 다른 인원들은 그 몬스터를 상대할 필요 없이 다른 몬스터들을 상대하면 됩니다. 단지 그 전에 따지고 넘어갈 일이 있죠. 제가 그 몬스터 사냥에 성공하면 저에게 어떤 보상을 해주실 겁니까?"

선물을 받았긴 하지만 그것은 일본까지 오는 데에 대한 선물이다.

보상은 다른 문제였다.

지휘관은 통역사에게 여러 마디의 말을 했고 통역사는 그 내용들을 노트에 적어가며 한마디도 놓치지 않고 있었다.

"원하는 모든 것을 들어줄 의사가 있다고 합니다. 돈이나 보석류를 원하시면 원하는 만큼 보상을 해드리고 마정석을 원하면 원하는 양만큼의 마정석을 보상해 준다고 합니다."

"알겠습니다. 그러면 일본의 그릇이 얼마나 큰지는 사냥이 끝나면 알 수 있겠네요. 그들이 얼마만큼의 보상을 주는지 지켜보겠습니다."

내가 굳이 얼마를 원한다고 말하고 싶지 않았다. 협상의 기본은 먼저 제시를 하는 쪽이 손해였다. 게임 아이템 거래를 해본 나의 경험이었다.

"정말 혼자서 상대가 가능한지에 대해 물어보고 있습니다."

"가능하다고 하세요. 다른 헌터들은 오히려 방해만 됩니다."

통역사는 나의 말을 지휘관에게 전했고 지휘관은 자존심이 상한 표정으로 통역사에게 말했다.

"그러다가 실패라도 하면 피해가 너무 크다고 합니다."

"그러면 내가 그 몬스터를 상대하는 것을 지켜보다가 위험한 상황이 생기면 그때 개입하면 되는 것 아니겠습니까."

그들이 무슨 말을 하는지는 몰랐지만 그들이 어떤 결론을 내든지 내가 할 행동은 이미 정해져 있다. 자연계 몬스터를 상대하는 것.

그것이 전부였다. 그들은 다른 도움을 원하지도 않았고 나도 도울 생각이 없었다.

"일단 그 몬스터에 대한 전투를 전적으로 추용택 님에게 맡긴다고 합니다."

"알겠습니다. 그러면 전투는 언제 시작하는 거죠? 막사 분위기를 보니 오늘 안에 전투가 벌어질 것 같은데."

"회의가 끝나는 대로 도쿄 탈환 작전이 펼쳐집니다."

회의는 생각보다 오래지 않아 끝이 났다. 회의가 끝이 나자 각 지휘관들은 자신이 맡은 인원들을 점검하기 시작했다. 전투가 시작되기 전의 긴장감이 임시 본부 안에 가득했다.

여기서 얼마나 많은 헌터들이 살아남을 수 있을까?

일반 몬스터를 상대하는 것은 헌터들이 극단적으로 유리했다.

이미 사냥 경험이 있기도 했고 전략 전술도 펼칠 수 있다.

일반적인 진형도 만들지 않고 무작정 달려드는 몬스터를 지능이 있는 헌터들이 어려워할 필요는 없었다.

하지만 그런 진형을 부수는 존재가 자연계 몬스터였다.

힘을 완전히 흡수하지도 못하고 보스급 몬스터에게 등을 떠밀려 인간 세계로 넘어온 자연계 몬스터일 게 분명하다.

그렇지만 일반 헌터들이 상대하기에는 무리일 것이다.

자연계 몬스터들도 급수가 달랐지만 기운을 꽤나 흡수한 자연계 몬스터는 SS급 헌터들이 아무리 달려들어도 상대하기 힘들 정도였다.

"추용택 님은 제가 모시겠습니다."

통역사가 직접 차를 몰았다. 헌터로서의 재능은 뛰어나지 않은 그였기에 나의 전담 운전기사 및 비서로 낙점된 그였다.

수천 명의 인원이 움직이는 모습은 장관이었다. 그들 전부

차를 타고 이동할 수는 없었기에 소수의 인물들만 차를 타고 이동했고 나머지 사람들은 말이나 발을 이용해서 도쿄로 이동했다. 당연히 속도는 빠를 수가 없었다.

2시간이 넘는 행진이 끝이 나서야 몬스터의 소굴로 도착할 수 있었다.

한창 도시를 부수고 있던 몬스터들은 대규모의 인원에 겁을 집어먹지도 않고 달려들기 시작했다. 수적으로는 그들이 유리했다. 헌터 한 사람당 세 마리 이상의 몬스터를 상대해야 하는 상황이었다.

줄을 지어 달려오는 몬스터들에게 화염구가 날아들기 시작했고 화염구를 필두로 여러 능력을 가진 각성자들이 자신들의 기운을 최대한 끌어내 공격을 퍼붓고 있었다.

자신들이 가진 능력을 아낌없이 퍼부운 헌터들의 노력으로 바닥에 쓰러진 몬스터의 숫자는 엄청났다.

기세를 늦추지 않고 헌터들이 본격적으로 몬스터들에게 달려들었다.

이제는 백병전이다. 일본 헌터 대부분이 일본도를 사용했다.

사무라이의 영향 때문이겠지만 그들은 일본도를 능숙하게 사용했고 다른 무기의 모습은 찾아보기 힘들었다.

백병전의 말 그대로 하얀 일본도가 전장을 지배하고 있었다. 백색의 기운이 녹색 몬스터를 도륙하고 있었다.

몬스터들은 그들의 공격에 반항을 하긴 했지만 악착같이 달려드는 일본 헌터들을 막아내기에는 역부족이었다.

이렇게 전투가 끝이 날 것 같았다.

몬스터들은 점점 뒤로 물러났고 숫자가 기하급수적으로 줄어들고 있었다.

쓰러지는 헌터의 숫자보다 쓰러지는 몬스터의 숫자가 몇 배는 많아 보였다.

뒤를 보지 않고 달려드는 일본 헌터들의 패기에 몬스터들이 겁을 집어먹고 있기까지 했다.

몬스터들이 뒤를 보고 도망가려고 하는 순간 하늘을 덮는 몬스터들이 나타났다.

비행형 몬스터들의 중심에는 그들이 말하는 그 몬스터, 자연계 몬스터가 있었다.

"이제 슬슬 몸을 풀어야겠습니다."

차 안에서 멍하니 전투 현장을 지켜보고 있던 통역사는 하늘을 덮는 몬스터의 향연에 넋이 나가 있었다.

"조심하십시오. 쉽지 않은 전투가 될 겁니다."

쉽지 않은 전투가 될 거라는 말에 동의는 하지 않았지만 나를 걱정하는 그의 마음이 느껴졌기에 가볍게 웃어주었다.

"걱정하지 마세요. 금방 끝내고 오겠습니다."

* * *

자연계 몬스터의 등장으로 일반 몬스터와 헌터들 간의 전투가 소강상태로 빠져들었다.

다들 일정한 거리를 두고 멀찍이 떨어졌고 위세 등등히 하늘을 날아다니는 자연계 몬스터가 위압감을 내비치고 있었다.

나는 불의 드레이크만 느낄 수 있게끔 기운을 끌어 올렸다. 불의 드레이크는 송곳처럼 찌르는 나의 기운에 반응해 날갯짓의 속도를 낮추고 나를 찾아 두 눈을 부라렸다.

그의 수고를 덜어주기 위해 막사를 빠르게 벗어나 헌터들과 몬스터가 대치하고 있는 그 중간으로 뛰어갔다.

불의 드레이크도 나의 모습을 발견하고 그 공간으로 힘차게 날갯짓을 하며 다가왔다.

같은 선상에 있었지만 그는 하늘에, 나는 땅 위에 있었다. 나를 아래로 바라보는 불의 드레이크의 시선이 마음에 들지 않았다.

발을 굴러 반발력을 일으킬 필요도 없이 바람의 기운만을 이용하여 드레이크와 눈높이를 맞추었다.

서서히 기운을 끌어 올렸다. 불의 드레이크는 자신의 생각보다 많은 기운이 나에게서 느껴지자 쉽게 공격을 하지 못하고 틈을 노리고 있었다.

"여기까지는 무슨 일로 왔지?"

자연계 몬스터는 일반 몬스터보다 기운이 강했고 지능도 뛰어난 경우가 많았기에 대화를 시도했다.

"인간치고는 많은 기운을 가지고 있군."

인간치고는? 불의 드레이크가 내뱉은 말이 마음에 들지 않았다.

"너도 몬스터치고는 많은 기운을 가지고 있군."

도발이다. 몬스터는 도발에 약하다. 이런 말장난만으로도 쉽게 흥분을 시킬 수 있다.

"크아아!"

쓰—읍.

불의 드레이크가 브레스를 쏘아내기 위해 대기를 빨아들이고 있다.

이미 브레스를 내뿜는 몬스터와 여러 번 상대해 본 경험이 있었기에 지금이 가장 약한 순간이라는 것을 알고 있다. 변신하거나 힘을 모으는 순간에 공격하는 것은 비겁한 짓이라고 생각하는 사람도 있었지만 나는 그렇지 않았다. 틈을 보이는 상대를 기다려 주는 것은 바보 같은 짓일 뿐이다.

커—걱.

숨을 들이마시고 있는 불의 드레이크의 목젖에 정제되지 않은 바람의 기운 덩어리를 던졌고 그는 사레가 걸린 듯 고통스러워했다. 사레도 그냥 사레가 아니라 불의 기운이 가득 담긴 사레였기에 그의 눈에는 눈물까지 흘러내렸다.

"비겁한 인간이군. 브레스가 무서운가 보군."

"그렇게 무섭지는 않은데. 이번에는 방해하지 않을 테니 다시 해봐."

쓰―읍.

대기가 그의 입안으로 다시 빨려 들어가기 시작했다.

가만히 생각해 보니 그의 브레스에 나는 피해를 입지는 않겠지만 뒤에 있는 헌터들이 상할 수도 있다는 생각이 들었다.

펑.

허어억, 커―걱.

전보다 더 강하게 숨을 마시고 있던 불의 드레이크였기에 나의 공격에 발광을 했고 그는 원망스럽게 나를 쳐다보고 있었다.

"미안. 아무리 생각해도 브레스를 뿜게 놔두는 건 아닌 거 같아."

"비겁한."

몬스터에게 비겁하다는 소리를 듣고 싶지 않았기에 그의 입에서 더 심한 소리가 나오기 전에 입을 굳게 닫게 만들고 싶었다. 죽은 몬스터는 입을 열지 못하는 법이지.

아직도 숨이 진정이 되지 않았는지 휘청거리고 있는 불의 드레이크의 양 날개를 향해 코팅이 완료된 바람의 칼날을 날렸다.

시간 차로 날린 공격이었고 오른쪽 날개는 피했지만 왼쪽 날개까지 피해내지는 못했다.

바람의 칼날은 불의 드레이크의 왼쪽 날갯죽지를 완전히 잘라내었고 그는 이제 한 개의 날개밖에 가지지 못했다.

한 개의 날개로는 하늘에 떠 있을 능력이 되지 않았던지 큰 덩치에 걸맞게 빠른 속도로 땅으로 추락하기 시작했다. 하늘에서 추락하는 것이 얼마나 공포스러운지 나는 잘 알고 있었다. 수천 번이 넘게 하늘에서 추락해 본 경험이 있었기에 드레이크가 지금 이 시간이 끝나기를 얼마나 간절히 원할지 알고 있었고 나는 그 시간을 단축시켜 주기로 마음먹었다.

불의 드레이크 등 위에 올라타 바람의 방향을 아래로 불게 만들었다. 추락은 가속도를 붙였고 그의 소원대로 짧은 시간에 땅에 도착할 수 있었다.

쿵!

큰 덩치답게 엄청난 양의 흙먼지를 만들어내는 불의 드레이크였고 다른 사람들은 우리의 모습을 볼 수 없었다.

"이제 제대로 된 대화를 할 수 있을 거 같은데. 진짜 여기는 왜 나왔어? 뒤에 누가 있어?"

사람은 배경이 중요하다. 무슨 일을 하더라도 자신의 뒤를 받쳐 주는 배경이 튼튼해야 성공하기가 쉬운 법이고 몬스터도 다르지 않겠지.

"말할 수 없다."

어울리지 않게 애국투사의 모습을 보이는 불의 드레이크였다.

그런 그의 입을 열게 하는 것이 어렵지는 않지.

하나밖에 남지 않은 날갯죽지를 한손으로 잡고 검을 가져다 대었다.

찌지직!

옷이 찢어지는 소리가 그의 날개에서 나기 시작했다.

"정말 말 안 할 거야?"

"몬스터보다 더 잔인한 인간. 어차피 여기서 너의 손에 죽나 돌아가서 드래고니안의 장난감이 되나 똑같다. 죽여라."

그는 자신도 모르게 몬스터 도어를 관리하는 존재에 대해 말했다.

날개를 마저 찢어야 하나 말아야 하나 고민이 되었다. 순순히 말하지는 않아도 불긴 불었으니 날개에 가져다 대었던 검을 치웠다.

"드래고니안이라. 너도 고생이 많았겠다."

드래고니안의 장난감이었다는 그의 말이 심금을 울렸다.

드래고니안이 얼마나 잔인하고 변태 같은 성정을 가지고 있는지 너무도 잘 알고 있었기에 불의 드레이크에게 동정심이 생겨났다.

"드래고니안의 밑에 있었으면 고생이 정말 많았겠어. 어떻게 해줄까? 이대로 돌려보내 줘?"

갑자기 친근하게 대하는 나의 모습에 적응이 되지 않아 보이는 불의 드레이크는 쉽게 입을 열지 못했지만 마음을 정한 듯 나에게 말했다.

"죽여라. 그만 쉬고 싶다."

그의 부탁을 최대한 들어주고 싶었기에 최대한 빠르게 그의 급소인 심장에 검을 찔러 넣었다. 기운이 가득 모여 있는 심장을 파괴했기에 그는 큰 고통을 느끼지 못하고 죽음을 맞이했다. 내가 그에게 줄 수 있는 유일한 선물이었다.

그의 심장을 파괴했을 때 흙먼지는 잠잠해졌고 헌터들과 몬스터들은 죽어 있는 불의 드레이크의 모습을 발견할 수 있었다. 그들은 각자 다른 반응을 보였다. 환호성을 지르는 헌터들과 우왕좌왕하는 모습을 보이는 몬스터.

이제부터의 전투는 일방적인 학살이 될 것이 분명했다.

그 신호를 내가 알려야 했다. 가볍게 손을 흔들어 보이며 지금의 상황이 끝이 났다는 걸 알리고는 불의 드레이크를 두고 헌터 진영으로 돌아가기 시작했다. 나와 반대로 일본 헌터들은 몬스터가 있는 방향으로 뛰어갔다. 아직 어떤 선택도 하지 못하고 있던 몬스터들은 맥없이 헌터들의 공격을 받아야 했다.

"수고하셨습니다."

내가 진영으로 돌아오자 통역사가 수건을 건네며 몸에 묻은 흙을 털어주었다.

물이 조금 묻어 있는 수건으로 얼굴에 묻은 흙을 닦아내었고 헌터들과 몬스터들과의 싸움을 지켜보았다.

일방적인 학살. 만약 불의 드레이크가 있었다면 일방적인 학살은 불가능했을 것이다.

너무도 쉽고 빠르게 목숨을 잃은 불의 드레이크였지만 이곳에 있는 헌터들을 괴롭히기에는 충분히 강한 녀석이었다. 최소 SS급 헌터 4명에 달하는 헌터들이 달려들어야 그와 대등하게 싸울 수 있었을 것이고, 그런 헌터가 부족한 일본 진영이었기에 수많은 헌터가 불의 드레이크에게 달려들어야 할 것이다. 그것을 지켜만 보고 있을 몬스터들은 아니었을 거고 전투의 양상은 진흙탕으로 변했을 것이다.

아무리 일방적인 학살이라고 해도 몬스터의 수는 여전히 헌터의 수보다 많았다.

특히 비행형 몬스터를 사냥하기에는 번거로움이 있었고 전투는 점점 길어졌다.

해가 져도 완전히 몬스터를 사냥하지 못한 헌터들은 내일을 기약하며 진영으로 돌아왔다.

하루의 전투였지만 도쿄 중심부를 탈환할 수 있었다.

미리 진영으로 돌아와 휴식을 취하고 있던 나를 일본 지휘관들이 불러내었다.

축배라도 들자는 것일까?

그들과 딱히 축배를 들고 싶은 생각은 없었지만 힘들게 싸운 그들을 무시하고 막사 안에만 있을 수는 없었기에 통역사를 데리고 지휘관이 모여 있는 막사로 향했다.

전투를 직접 지휘하고 수많은 몬스터를 상대한 그들이었기에 피와 흙이 범벅이 되어 있는 옷을 입고 있었고 덕분에 시큼한 땀 냄새가 막사 안의 공기를 오염시켰다.

"수고하셨습니다."

그들에 비해 너무도 멀쩡한 옷을 입고 있던 나였기에 그들에게 수고했다는 말을 먼저 해주고 싶었다.

"'감사합니다'라고 말합니다."

아무리 일본어에 무지한 나였지만 아리가또 정도는 알아

들을 수 있었다.

"수고한 건 수고한 거고 이제 내가 맡은 역할은 끝이 난 것 같은데. 내일 한국으로 돌아간다고 말해주세요."

"아직 전투의 위험이 있으니 조금 더 있다가 완전히 안정을 찾으면 그때 가시는 게 좋을 거라고 하십니다."

"누가 위험한데? 내가? 그럴 리는 없으니 내일 알아서 돌아간다고 하세요. 차편을 제공해 줄 필요도 없으니까."

"보상을 위해서도 하루 이상의 시간이 필요하다고 합니다. 며칠만 더 머물러 주시기를 원하고 있습니다."

보상은 다른 문제였다. 이곳까지 와서 맨손으로 돌아갈 수는 없었다.

"그러면 하루만 더 있겠다고 전해주세요."

그 말을 끝으로 나는 막사로 돌아갔고 침대에 몸을 파묻고 휴식을 취했다.

하지만 내가 휴식을 취하는 것에 불만을 가진 사람이 방문했다.

"들어가도 되겠습니까?"

"들어오세요."

통역사와 같이 들어온 사람은 일본 헌터 협회의 최고 지휘관이었다.

그가 나와 할 애기가 있었던가? 벌써 보상이 준비가 되었을 리는 없었고 그가 나를 찾아올 이유가 쉽게 생각나지 않았다.

"같이 술 한잔하자고 하십니다."

술은 편한 이와 마시자는 주의였기에 그와 술을 마시고 싶지는 않았지만 술상을 직접 들고 온 그의 성의를 봐서 한 잔은 마셔주기로 했다.

"건빠이."

"건배"

술잔을 위로 한번 들어 보이고는 술을 마셨다.

단맛과 쓴맛이 공존하는 사케의 맛이 나쁘지는 않았다.

"여기까지 술만 마시려고 온 것은 아닐 테고 말 돌리지 말고 바로 본론을 말해달라고 하세요."

통역사는 내 말을 알아서 잘 걸러 지휘관에게 전달했고 그가 온 이유에 대해서 알 수 있었다.

"일본으로 귀화를 하실 생각이 없냐고 물어보십니다. 일본으로 귀화를 하시면 최고의 대우를 약속하며 원하는 모든 것을 지원해 주겠다고 합니다. 마을 사람들도 전부 일본으로 이주시켜 주고 그들에게도 최고의 대우를 약속한다고 합니다. 집은 물론이고 생활에 필요한 모든 물건을 제공하며 안전까지 책임진다고 합니다."

내가 탐이 났던 것이다. 그랬기에 아직 전투도 정리가 되지 않아 화장실 갈 틈도 없이 바쁘게 움직여야 할 지휘관이 나의 막사에 찾아왔었던 것이다.

하지만 그가 내 막사에 온 목적을 달성할 수는 없었다.

"그럴 생각 없다고 전해주세요. 일본에서 살고 싶은 마음은 전혀 없으니까요."

"아쉽다고 합니다. 언제라도 마음이 바뀌면 연락만 해달라고 합니다. 직접 모시러 오겠답니다."

"그럴 일은 없겠지만 하여튼 고맙다고 전해주세요. 보상이나 제대로 해주면 좋겠구만. 아! 이 말은 통역하지 말고요."

"아직 정리가 끝이 나지 않아 먼저 자리를 일어난다고 합니다."

원하던 말이었다.

"네. 수고하시라고 전해주세요."

나에게 정중히 고개를 숙이는 지휘관에게 가볍게 목례를 해주며 최소한의 예의를 지켜주었다.

그들이 나간 막사에는 나 혼자 남게 되었고 여전히 테이블 위에는 그가 두고 간 사케가 남아 있었다. 맛이 나쁘지 않은 사케였기에 나는 한 잔을 더 잔에 따라 단숨에 들이마셨다.

"여기 몬스터 도어는 드래고니안이 관리하고 있다는 말이지. 그러면 내가 상대하기 힘들다는 말인데. 어쩌지? 그냥 이대로 돌아가면 되는 걸까?"

술이 들어가서인지 일말의 동정심이 생겨났다. 이대로 내가 한국으로 돌아간다면 도쿄는 머지않아 다시 불바다로 변해 버릴 것이다.

흉포한 성질의 드래고니안이 몬스터 도어를 관리하고 있다면 꾸준히 몬스터 범람이 일어날 게 분명했다.

혼자 고민해 보았자 답은 나오지 않았고 나는 이 일을 가장 잘 알고 있는 존재에게 물어보기로 했다.

바로 단것에 미친 용새끼. 루카라스가 해답을 줄 존재였다.

텔레포트를 해 이동한 루카라스의 보금자리는 이전과 다를 바 없는 모습이었지만 며칠이 되지도 않았는데 주전부리의 양이 많이 줄어 있었다.

일반 사람이 1년은 먹어도 남을 양을 그는 하루 만에 먹어치우고 있었다.

"왔나? 생각보다 일찍 왔군. 나는 몇 주는 있다가 올 줄 알았는데."

"아직 완전히 끝이 나지는 않았습니다. 중간에 잠시 들른 것입니다."

"잠시 들렀다? 네가 내 안부가 궁금해서 들렀을 리는 없을 거고 왜 찾아왔나?"

나를 너무 정확하게 알고 있는 루카라스였다.

그도 나처럼 돌려 말하는 것을 좋아하지 않았기에 나는 다른 드래고니안에 대한 이야기를 바로 했다.

"그러니까. 옆 나라에 몬스터 범람이 생긴 이유가 드래고니안 때문이라는 건가? 충분히 있을 수 있는 일이다. 원래 드래고니안의 성질은 흉포함을 기본으로 하고 있으니까. 하지만 고작 불의 드레이크를 조종할 정도의 드래고니안이라고 하면 강하지는 않겠군. 만약 내가 몬스터 범람을 계획했다면 최소 자연계 몬스터 열 마리는 인간 세계에 내놓았을 것이다."

루카라스는 그러고도 남을 드래고니안이라는 것을 잘 알고 있었기에 그의 말에 믿음이 갔다. 그가 흉포한 성질을 가진 드래고니안이 아니라는 것이 얼마나 다행인가.

그는 변태 성향이 있기는 하지만 흉포하지는 않았다.

"강하지 않을 수도 있다는 말씀이십니까? 제가 상대할 수 있을까요?"

"불의 드레이크만을 조종했다면 한 가지의 또는 두 가지의 기운밖에 제어하지 못하는 수준 떨어지는 드래고니안이 분명하다. 종족의 수치지."

"제가 만약 그와 전투를 벌이다가 실수로 그를……."

뒷말은 일부러 흘렸다. 아무리 성에 차지 않는 드래고니안이라고 말하긴 했지만 같은 종족을 죽인다고는 차마 말하지 못했다.

"죽여도 무방하다. 자신의 마음도 제대로 다스리지 못하는 드래고니안은 살아 있을 가치가 없다."

생각보다 동족에게 가차 없는 그의 말이었다.

"하지만 쉽지는 않을 거다. 아무리 그래도 드래고니안의 피가 흐르는 놈이다. 쉽게 생각했다가는 역으로 네가 죽을 것이다."

"조심하겠습니다."

그와의 얘기를 마치고 돌아가려고 목걸이를 만지작거릴 때 그가 흘러가는 말투로 말했다.

"다른 나라의 과자는 어떤 맛을 낼지 궁금하군."

용새끼가 아니라 돼지가 그의 본체가 아닐지 의문이 들었다.

* * *

"혹시 일본의 전통 과자를 구할 수 있을까요?"

다음 날 아침 일찍부터 막사에 찾아온 통역사에게 인사 대신 한 말이었다.

"일본 전통 과자 말씀이십니까? 도로야키 같은 빵 종류는 없어도 전병 같은 종류는 유통이 되고 있습니다. 그거라도 구해 드릴까요?"

"그러는 거보다 차라리 제가 받을 보상 일부를 과자로 대신 받고 싶다고 전해주세요."

"네에?"

통역사는 일본 특유의 의문사를 내뱉으며 나의 말에 담긴 속뜻을 찾고자 했다.

하지만 찾을 수 없었다. 그런 게 있을 리가 없으니.

"최대한 많은 양의 과자가 필요합니다."

"그렇게 많은 양의 과자라면 한국으로 운반하기 힘드실 건데."

"그건 신경 쓰지 마세요. 제가 알아서 할게요."

과자를 한국으로 들고 갈 생각은 없었다. 전부 드래고니안의 입속으로 들어갈 것들이었다.

과자를 구하기 위해서는 시간이 필요했고 불필요하게 일정에 지장이 생겨 버렸다.

원래 오늘 저녁에 한국으로 돌아갈 계획을 세웠었지만 과자를 구해달라는 나의 부탁을 들어주기 위해서는 그들도 시간이 필요했다.

드래고니안을 한번 만나볼까?

그의 실력이 궁금했다. 만나서 싸우지 않는다고 해도 그의 기운을 한번 느껴보고 싶었다.

루카라스의 말에 자신감도 붙어 있는 상태였다.

루카라스 이외의 드래고니안을 만나보고 싶다는 생각이 점점 커졌고 기어코 몬스터 도어가 있는 곳으로 발걸음을 옮겼다.

몬스터 도어가 있는 곳을 찾는 것은 어렵지 않았다. 가장 많은 헌터들이 지키고 있는 곳을 찾기만 하면 되었다.

2일간의 전투로 이미 몬스터를 도쿄 전역에서 정리하는 데 성공한 일본 헌터들은 몬스터 도어 근처에 방어진을 구성해 놓고 다시 일어날지도 모르는 몬스터 범람에 대비했다.

아직 봉인 작업이 이루어져 있지 않았기에 몬스터 도어로 들어가는 것은 어렵지 않았다.

나의 은신을 알아챌 정도로 기운에 민감한 헌터들은 여기에 없었다.

몬스터 도어에 들어서자 뜨거운 공기가 나를 반겼다.

공기가 뜨거운 지역을 경험해 본 적이 있다. 화산지대의 공기가 그랬다.

주위를 둘러볼 필요도 없이 불을 뿜어내고 있는 화산을 찾을 수 있었고 그 중심에 거대한 기운이 느껴졌다.

저곳이 드래고니안의 보금자리인가?

더러운 성질을 가지고 있는 드래고니안답게 보금자리도 더러운 곳에 위치하고 있다는 생각이 들었다. 화산에 대한 안 좋은 추억이 강했기에 딱히 가고 싶은 생각은 들지 않았지만 그래도 여기까지 온 이상 빈손으로 돌아가고 싶지는 않았다.

일부러 기운을 숨기거나 은신을 하지 않고 최대한의 기운을 끌어 올린 상태로 화산지대로 접근했다.

알아서 찾아오라는 뜻이었다. 자신의 영역에서 기운을 끌어 올린다는 존재에 의문을 갖지 않을 존재는 없었다. 이 지역에 살고 있는 드래고니안도 다르지는 않았다.

"누구냐? 인간이냐?"

"인간이다. 너는 드래고니안이겠지."

이제 갓 성인이 되어 보이는, 아직 수염도 나지 않은 파릇파릇한 드래고니안이 나에게로 다가왔다. 루카라스에게서 느껴지는 위압감은 그에게서 전혀 느껴지지 않았다.

그의 몸에서 피어오르고 있는 기운도 불과 흙의 기운이 전부였다.

자연계 몬스터보다는 훨씬 강하기는 하지만 드래고니안이라고 믿어지지 않을 정도로 약한 기운이었다.

아니, 내가 강해진 것인가?

"내가 드래고니안이라는 것을 알면서도 이렇게 나오는 것은 싸우겠다는 것인가?"

아직 나의 기운이 자신보다 강하다는 것을 인지도 하지 못하는 수준 미달의 드래고니안을 보자 처음 가졌던 의욕마저 잃어버렸다.

"너 정말 드래고니안은 맞아? 그냥 드레이크 상위 버전 뭐 그런 거 아냐?"

"감히 나를 드레이크 따위와 비교를 하다니 정말 죽고 싶은 거냐, 인간!!"

도발하려고 한 말은 아니었지만 어린 드래고니안은 잔뜩 화가 나서 나에게 달려들었다.

화염의 벽을 내 주위에 둘러싸고 여러 개의 화염구를 뿌렸다.

기운의 조화가 전혀 없는 단순한 공격이었다. 이런 공격은 자연계 몬스터나 할 법한 공격이다. 드래고니안의 수련을 배웠다면 이런 공격을 할 리가 없었다.

"안되겠다. 일단 맞고 시작하자."

화염의 벽은 전혀 위협적이지 않았다. 나를 보호하는 물의 힘에 옷깃조차 태우지 못하고 있었다. 화염구는 고무공처럼 말랑말랑하게만 느껴졌다.

가볍게 손으로 화염구를 잡아 부수어 버리고는 어린 드래고니안에게 천천히 걸어갔다.

자신의 공격이 통하지 않자 당혹스러워하는 그는 내가 걸어오는 것을 가만히 쳐다만 보고 있었고 나는 그의 멱살을 잡아 틀었다.

"놓아라 인간. 감히 인간 따위가 드래고니안에게."

시끄러운 그의 입에 주먹을 선물해 주었다. 나의 선물이 마음에 들었는지 더욱 시끄럽게 발버둥 치는 어린 드래고니안이었다.

선물이 부족하면 더 주면 되는 일이다.

다섯 번의 주먹을 더 선물해 주고 나서야 그의 입은 조용해졌다.

"너 수련은 제대로 한 거냐?"

그는 마치 이전의 나의 모습을 보는 것만 같았다.

기운을 가지고는 있지만 제대로 수련을 하지 못했던 시절의 나의 모습.

물론 그때도 나는 다섯 가지의 기운을 가지고 있었고 그는 겨우 두 개의 기운만을 가지고 있었다.

"무슨 수련을 말하는 거냐?"

불어터진 입을 억지로 비틀어 말하는 그의 말에는 여전히 드래고니안이라는 당당함이 서려 있었다.

"드래고니안의 수련 말이다. 초급 중급 고급 수련을 하긴 한 거야? 혹시 무서워서 도망친 거는 아니지?"

"내가 도망을 치다니! 태어나서 지금까지 도망을 쳐 본 기억은 없다."

"그러면 드래고니안이라면 당연히 배우는 수련을 한 적은 왜 없는데?"

"……."

그의 입은 굳게 닫혀 아무런 소리를 내지 않고 있었다.

무슨 사연이라도 있는 걸까?

"놓아라 인간. 더는 봐주지 않겠다."

입을 닫고 한참이나 있던 그는 갑자기 모든 기운을 폭주하듯이 내뿜었다.

그의 몸 주변에는 불꽃들이 춤을 추었고 땅도 흔들리며 같은 리듬을 타고 있는 듯 했다.

"으아아아아!"

말 그대로 폭주였다. 그의 눈은 이성을 잃어버렸고 닥치는 대로 부수기 시작했다.

내가 목표라는 것도 잊었는지 주변에 있는 바위를 부수고 죄 없는 땅에 거대한 웅덩이를 만들어내었다.

단일 능력이라고 하면 그가 나의 기운보다 강할지도 몰랐다.

하지만 조화의 기운을 배우지 못한 그였기에 나에게는 큰 위협이 되지 않았다.

거대한 기운이 담긴 불의 공격이라고 해도 물과 흙의 두 가지 기운을 조화해 만들어낸 장벽을 뚫지 못했고 세 가지의 기운을 섞은 장벽에는 흠집조차 내지 못했다.

그를 진정시키는 방법은 그가 모든 힘을 다 소진하게 하는 것 말고는 생각이 나지 않았다.

나는 그가 때리고 있는 장벽을 더욱 튼튼하게 유지시켰고 어린 드래고니안은 미친 듯이 장벽만을 두드렸다. 자기 앞을 가로막고 있는 장벽이 마음에 들지 않았겠지.

이곳에서 그는 왕이었고 절대자였다.

그런 자신이 부수지 못하는 것이 있다는 것이 믿기지 않을 테지.

어린 드래고니안의 힘이 모두 소진되기까지 3시간이나 걸렸다.

폭주를 한 상태라서 모든 기운을 최대한으로 끌어 올린 상태로 3시간이나 뿜어내었다는 것에서 그의 기운의 양이 엄청나다는 것을 알 수 있었다.

하지만 그것이 다였다. 강한 기운을 가지고 있지만 사용하는 법을 배우지 못한 힘만 센 어린아이와 다르지 않았다.

그에게 알려주고 싶었다. 루카라스가 나에게 알려준 것처럼 기운을 사용하는 방법에 대해 하나부터 열까지 다 알려주고 싶은 마음이 들었다.

기운이 다 소진되어 바닥에 쓰러진 그의 눈이 정상으로 돌아왔다.

이제야 대화를 할 수 있는 상황이 되었다.

"혹시 어릴 때부터 혼자 생활해 온 거야?"

어린 드래고니안에게서 처음 동생들을 보았을 때의 분위기가 풍겼기에 이런 질문을 던졌다.

동생들은 부모를 잃고 모든 것을 경계했고 고집만 강해졌다.

그가 지금 그 모습을 하고 있었다. 자존심과 아집을 구분하지 못하는 혼자 남은 어린아이.

어린아이라고 하기에는 20대가 넘어 보이는 모습이었지만 그 속은 10살도 되지 않아 보였다.

"세상은 당연히 혼자 살아가는 것이다. 나는 도움 따위는 필요 없다."

아직 그의 마음에 맺혀진 응어리가 풀어지지 않았고 대화의 연결이 부드럽지 못했다.

혹시나 하는 마음에 주머니에 들어 있던 과자 하나를 그의 입에 넣어주었다.

입을 비틀며 과자를 거부하던 그의 입안에 달콤한 초콜릿이 들어가고 그 역시 루카라스와 다르지 않게 단맛을 거부하지 못했다.

오물오물 초콜릿을 먹는 그의 모습은 영락없는 어린아이였다.

"부모님이랑은 언제 헤어진 거야?"

입에 단것이 들어가서인지 그의 대답은 한결 부드러워졌다.

"태어났을 때부터 부모님은 없었어. 워낙 약한 기운을 가지고 태어났기에 절벽에 나를 떨어뜨렸다고 들었어."

갓난아기가 절벽에서 떨어지고 살아날 가능성이 얼마나 될까?

그가 아무리 강인한 드래고니안의 피를 받았다고 해도 살아남기 쉽지 않은 일이었다.

"절벽에서 어떻게 살아남을 수 있었어?"

"11명의 제자라고 불리는 분 중 한 분이 나를 살려주셨고 나의 몸에 기운도 넣어주셨어. 그분 덕에 건강한 몸을 찾을 수 있었고 그분의 의지에 따라 몬스터 도어를 관리하고 있지."

"그러면 왜 몬스터를 인간 세계로 보낸 거지? 이미 이곳은 몬스터의 균형이 이루어져 있는 걸로 보이는데."

그의 입이 다시 닫혔다. 자신이 불리한 상황에 입을 닫는 아이의 모습이었다.

그를 윽박질러서는 대답을 들을 수 없을 것 같았다. 동생들을 키우면서 이런 경우를 많이 겪어보았다.

"네가 잘못했다는 게 아니라 그냥 이유가 궁금해서 물어보는 거야."

"심심해서."

입을 움직이지도 않고 복화술처럼 말했다. 어린 드래고니안도 자신의 잘못을 알고 있었기에 목소리가 작았다.

"심심해서 그랬다고?"

"너무 심심했어, 이곳에서 내가 할 것도 없고 해서 다시 몬스터를 인간 세계로 보냈어. 가만히 자고 있는 드레이크가 너무 얄미워서 그를 인간계로 던져 버렸어."

어린 드래고니안의 문제와 몬스터 범람을 막을 방법이 동시에 생각이 났다.

그의 정신머리를 고치면 되는 것이다. 정신머리를 고치기 위해선 자고로 매가 약이다. 성격 개조에 가장 좋다고 생각되는 방법을 나는 이미 루카라스에게 배워서 잘 알고 있었다.

어린 드래고니안의 교육은 성인 드래고니안이 해야 하지만 여기에는 그들이 없었기에 내가 그 교육을 해줄 자신이 있었다.

절대 루카라스에게 받은 화풀이를 하는 것이 아니었다. 단지 그가 당연히 받아야 할 교육을 내가 대신 해주는 것일 뿐이다.

"내가 너의 기운을 제어하는 법을 알려줄까?"

마음이 동하는지 눈알을 굴리는 어린 드래고니안 하지만 자존심은 아직 살아 있었기에 인간에게 교육을 받겠다는 말을 쉽게 하지 못하고 있었다.

"교육이 아니라 그냥 알려주는 것뿐이야. 네가 스스로 노력해야 하는 부분이야. 드래고니안이 설마 수련이 힘들어서 수련을 하기 싫어하는 것은 아니겠지?"

그의 자존심을 살살 건들었다. 그리고 그는 내가 던진 떡밥을 덥석 물었다.

"수련이 힘들다고 하기 싫다고 누가 그래."

"그럼 알려줄까? 수련이 정말 힘들 건데 괜찮겠어? 수련을 시작하면 그만둘 수도 없다고. 포기할 거면 지금 말해."

"나는 드래고니안이다. 절대 포기를 하지 않아."

"그래? 그럼 알려줄게."

그의 기운이 뭉쳐 있는 가슴에 손을 가져다 대었고 그의 기운을 봉인했다.

기운을 봉인하는 방법도 이미 루카라스에게 배워 알고 있었기에 처음 하는 봉인 작업이었지만 어렵지 않게 성공할 수 있었다.

"무슨 짓이야!"

갑자기 기운이 사라진 자신의 몸이 적응이 안 되겠지.

"기운을 봉인하는 것부터 수련은 시작되는 거야. 기운을 봉인한 상태에서 기운을 받아들일 그릇을 만드는 작업을 하는 거지."

루카라스가 나에게 했던 말을 어린 드래고니안에게 그대로 말했다.

"아직 이름도 물어보지 않았네. 나는 추용택이라고 해. 너는?"

"나는 그라니안이다."

"그래 그라니안, 이제 본격적으로 수련을 시작해 보자."

이미 체력을 회복했는지 바닥에서 일어선 그를 두고 나는 주변을 두리번거렸다.

"지금 뭘 찾고 있는 거야?"

"잠시만 기다려 봐. 적당한 게 안 보이네. 찾았다. 이 정도면 적당하겠네."

"나뭇조각은 왜 찾은 거지?"

"이 나무 몽둥이가 수련에 큰 도움을 줄 거야."

몽둥이를 든 채로 그에게 다가갔다. 내 눈빛이 이상했던지 그라니안은 본능적으로 뒷걸음질을 쳤다.

"그렇게 뒷걸음질 치면 그릇을 만드는 작업이 늦어지게 돼. 어서 일로 와."

"그 몽둥이로 뭘 하려는 거냐."

"몽둥이는 그릇을 만드는 데 꼭 필요한 도구지."

발을 멈추고 멍하니 몽둥이를 바라보고 있는 그라니안의 수련을 위해 몽둥이를 휘둘렀다.

"기운이 봉인된 상태에서 이렇게 맞아야 그릇이 만들어지는 거야. 아파도 참아. 도망가거나 피하면 수련이 길어질 뿐이야."

그의 그릇을 만들어주기 위한 마음으로 그의 몸을 두드렸다. 루카라스가 나에게 했듯이 구석구석 한 곳도 빠지지 않고 몽둥이찜질을 했다. 전혀 사심은 없었다.

"아파도 참아. 수련일 뿐이야. 참을 만하지?"

얼마나 두드렸을까? 나는 점점 이성이 사라지고 본능적으로 몽둥이를 휘두르기 시작했고, 입에서 나오는 말들은 머리를 거치지 않고 곧장 튀어나왔다.

"이 변태 용새끼가. 내가 일본까지 와서 네놈 입에 들어갈 과자 셔틀 짓을 해야겠어? 죽어라, 이 개XX!"

"아아아아! 지금 누구 욕을 그렇게 하는 거야! 내가 언제 너에게 과자를 달라고 했다고 이러는 거냐!!"

『순혈의 헌터』 4권에 계속…